诺曼·马内阿
作品集

十月，八点钟

Norman Manea

OCTOMBRIE,
ORA OPT

[罗马尼亚]
诺曼·马内阿 著

王中豪 高博睿 译

新星出版社　NEW STAR PRESS

OCTOMBRIE, ORA OPT
Copyright ©1992, Norman Manea
All rights reserved
Simplified Chinese edition copyright: 2021 New Star Press Co., Ltd.

图书在版编目（CIP）数据

十月，八点钟/（罗）诺曼·马内阿著；王中豪，高博睿译.——北京：新星出版社，2021.7
（诺曼·马内阿作品集）
ISBN 978-7-5133-4231-5

Ⅰ.①十… Ⅱ.①诺… ②王… ③高… Ⅲ.①短篇小说-小说集-罗马尼亚-现代 Ⅳ.①I542.45

中国版本图书馆CIP数据核字（2020）第236363号

十月，八点钟

[罗马尼亚]诺曼·马内阿 著；王中豪，高博睿 译

责任编辑： 李文彧
责任校对： 刘 义
责任印制： 李珊珊
封面设计： 冷暖儿

出版发行： 新星出版社
出 版 人： 马汝军
社　　址： 北京市西城区车公庄大街丙3号楼　100044
网　　址： www.newstarpress.com
电　　话： 010-88310888
传　　真： 010-65270449
法律顾问： 北京市岳成律师事务所

读者服务： 010-88310811　　service@newstarpress.com
邮购地址： 北京市西城区车公庄大街丙3号楼　100044

印　　刷： 北京天恒嘉业印刷有限公司
开　　本： 910mm×1230mm　1/32
印　　张： 6
字　　数： 135千字
版　　次： 2021年7月第一版　2021年7月第一次印刷
书　　号： ISBN 978-7-5133-4231-5
定　　价： 56.00元

版权专有，侵权必究；如有质量问题，请与印刷厂联系调换。

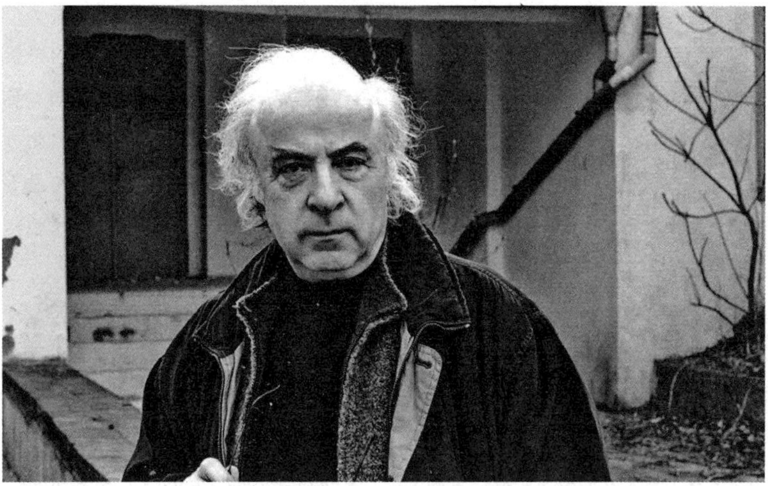

诺曼·马内阿，罗马尼亚最受推崇的作家之一，任美国巴德学院欧洲文学专业教师，同时为驻校作家。自1966年开始在米伦·拉杜·帕拉斯基韦斯库的杂志《言语的故事》中发表作品起，直到1986年离开罗马尼亚，诺曼·马内阿在此期间共出版了10部作品（5部长篇小说、3部短篇散文集、2部随笔集）。1979年，马内阿获得罗马尼亚作家协会奖，后获作家联盟奖（1984年获奖，后被社会主义文化与教育委员会取消）。

1986年后，诺曼·马内阿的作品被译为20多种语言，广受褒奖，在美国出版的作品被《纽约时报书评》评选为"最重要的出版作品"。1992年，马内阿获得古根海姆奖学金，并获得著名的麦克阿瑟"天才奖"（该奖被称作"美国版诺贝尔奖"）；1993年，纽约公立图书馆为他颁发图书馆"文学大师"荣誉奖；2002年，马内阿获得诺尼诺国际文学奖；2006年，凭借《归来》(*Întoarcerea huliganului*) 获法国美第奇外国小说奖，同年，因在文化领域杰出的统领地位，他被罗马尼亚总统授予文化功勋，并当选为柏林艺术学院和诺尼诺国际文学奖评审团成员。2010年，法国政府授予他"法兰西文学与艺术骑士勋章"。2011年，诺曼·马内阿获得内莉·萨克斯文学奖并受邀成为英国皇家文学会荣誉会员。

由罗马尼亚Polirom出版社出版的马内阿作品有：《归来》（2003年第1版，2006年、2008年、2011年第2版），《信封与肖像画》(*Plicuri și portrete*，2004年第1版、2014年第2版)，《法定幸福》(*Fericirea obligatorie*，2005年、2011年第2版)，《论小丑：独裁者和艺术家》(*Despre Clovni: Dictatorul și Artistul*，2005年第1版、2013年第2版)，《傻瓜奥古斯都的学徒生活》(*Anii de ucenicie ai lui August Prostul*，2005年第2版、2010年第3版)，《黑信封》(*Plicul negru*，2007、2010年第5版)，《逃亡者的抽屉：里昂·沃洛维奇谈话录》(*Sertarele exilului. Dialog cu Leon Volovici*，2008年)，《分离之前：索尔·贝娄访谈录》(*Înaintea despărții. Convorbire cu Saul Bellow*，2008年)，《与石头的谈话》(*Vorbind pietrei*，2008年)，《中庭》(*Atrium*，2008年第2版)，《一幅自画像的变体》(*Variante la un autoportret*，2008年)，《巢》(*Vizuina*，2009年第1版、2010年第2版)，《东方信使：爱德华·坎特里安访谈录》(*Curierul de Est. Dialog cu Edward Kanterian*，2010年)，《流亡的话语》(*Cuvinte din exil*，与汉尼斯·施泰因合著，2011年)，《囚徒》(*Captivi*，2011年第2版)，《儿子的书》(*Cartea fiului*，2012年第2版)，《日子与游戏》(*Zilele și jocul*，2012年第2版)，《黑牛奶》(*Laptele negru*，2014年第2版)以及《在边缘》(*Pe contur*，2014年第2版)。

2012年，罗马尼亚作家协会授予马内阿国家文学奖。2013年，作家协会向诺贝尔文学奖提名马内阿，2014年，协会再次提名。

版本备注

此版本所汇编的故事曾出版于《一幅自画像的变体》（Plirom出版社，2008年），很多故事也出版于更早之前的《漫漫长夜》（*Noaptea pe latura lungă*，文学出版社，1969年），《初始的门》（*Primele porți*，Albatros出版社，1975年）以及《十月，八点钟》（Dacia出版社，1981年；Apostrof出版社，1997年）。与其他三册不同的是，《一幅自画像的变体》和此版本都包含了《感伤的教育》（*Educatie sentimentală*），《儿童乐园的剧目》（*Lectură în Kinderland*）以及《月夜》（*Nopți cu lună*）。

由于此前多次的出版，这些散文也都受到了不同程度的修改，其中有改写、补充还有删减，也因此留下了许多不同的版本。此版本的大多故事选自《一幅自画像的变体》，我也会将其作为最终版本进行出版。

诺曼·马内阿

目录 CONTENTS

粉红故事	1
猫	6
毕业典礼	19
两张床	33
小偷	50
事故	57
沃沃	70
散步	77
爱情的熨斗	86
相对的动作	93
感伤的教育	100
女同志"T"的前提	120
十月，八点钟	133
儿童乐园	139
儿童乐园的剧目	163
月夜	175

粉红[1]故事

这似乎是一个宁静而漫长的夜晚，在河面上或是河的对岸，我也不知道究竟是在哪里。房间里的每一个人都保持肃静，就好像是冻住了一般。先是老人们，然后是父母、姑妈、姨妈，还有那个我跟你说过的长得和你很像的男孩。

他们都无法入睡，就像是在等待着什么以打破河流的宁静，等待着黑夜从窗户中逃离。就在午夜到来的前几分钟，某个地方突然响起的音乐声将他们吸引，把他们融化……他们全都屏住了呼吸。

桥边军乐队的演奏在一开始时婉转悠扬，转而变得庄严肃穆、铿锵有力。葬礼进行曲在夜空中飘扬，敲击着黑夜，完全能听得见那沉重的、复仇般的踏地声。然后，音乐停顿了那么一下，他们以便在黑夜中能相互看得清对方，找得到彼此。

然而，空中突然迸发出了熊熊的火焰，还伴随着阵阵哀号与呼

---

[1] 罗马尼亚语中，"粉红"一词有美好、乐观的寓意。

喊的合唱，窗户都给震碎了。是那些过桥的人群，他们拉着大炮、马匹、摩托车、野战炊具、卡车还有马车。

混杂在一起的尖叫声与呼喊声令人倍感绝望，房间里的人们慢慢靠近了这扇玻璃已经震碎了的窗户，却又都被吓了一大跳，因为又是一次崩塌般的轰鸣声。这次是另外一座桥，是座铁桥，坐落在更远一些的地方。这次发出的声响显然更为强烈，然而由于距离过于遥远，他们也只听到了很小的声响。那个戴眼镜的小鬼是这么说的："先是他们家附近的木桥，然后是离家几公里外有铁路的桥。"

子弹如刀刃般锋利，嗖嗖地呼啸而过。惊恐的尖叫声更像是疯了一般，是那些在桥上的人，或者是那些留在这边的人，可能是那些溺水的人，也可能是那些已经过了桥的人，总之不知道是谁喊的。而现在，在黑夜下的河水中，这些逃亡者们全然没有了白天杀人时的狂妄。这座城市对于他们而言是陌生的、是敌对的，他们无比痛恨这里，他们一整天都在叫嚣着，若不杀光这里的每一个人，他们绝不会离开这座城市。

房间里的人们面面相觑，他们的脸庞被桥上熊熊燃烧着的火焰所照亮。他们像是被希望所惊醒，嘴里咕咕哝哝的，却不知所措。他们想起了那个戴眼镜的男孩，就是你的那个朋友，那个和你很长得很像的男孩。

在这天即将要结束的傍晚，就在他们房子的街的对面，在那个男孩的家中出现了两名士兵和一位军官。然而，他们并没有外表所看起来应有的样子，他们或许也不过是一些披着绿色军装的普通人而已。但他们身上也确实都带着武器，一把油亮的手枪和一把冲锋枪，还有两个带着步枪。那个近视的男孩上气不接下气地讲述着这一切，他的眼镜因为太大而不断地滑到了鼻尖上，这似乎阻碍了他想要加快语速讲述更多的细节，他看起来有些气恼。

他们不但有武器，竟然还有乐器。当他们走进房子时向主人们打着招呼，并请求能否在家中歇歇脚。当他们得知家中已经留宿有一位将军时，显得十分高兴并声称要等将军回来。他们被房主人们诚惶诚恐地接待着，在撤退的这几天里已经发生了各种可怕的事情，这一家人自然是不敢拒绝什么，毕竟如果开口拒绝，谁知道会不会发生什么不幸的事情。家里的人们已经害怕得要晕过去了，直到将军回来后他们才放心了许多。那时，新来的其中一个去把乐器取了回来，他是这么说的。而事实上他们逮捕了这位将军，他们把他给捆了起来，用绳子在将军那干瘦的身体上缠了好几圈。这位将军也没做反抗，他很清楚当前的情况，或许他也早已预料到了。这个故事是从眼镜男孩那里得知的，他应该是晚上讲的，在跟钢笔有关的故事之后讲的。

那两个全副武装的男人，在吃过饭后立刻就上了楼，他们解开了衣扣，显得有些醉意，脸上威胁的神情在晚一些的时候显露了出来。据他们说，他们被一只庞大而可怕的部队追赶着，已经没有了逃脱的希望。而他们属于一支本地的部队，是给外国人服务的。而现在他们已经近乎崩溃了，一想到那支部队的可怕与残忍就不禁两眼发黑。他们或许要比这一家人更为绝望，毕竟这座房子的主人们还有那么一刻以为他们是来救自己的。

他们想要一块手表，他们也不太确定现在的时间，他们想要逃跑。不管怎样，他们也要骗自己相信一定能够逃脱。他们想要一块手表，可家里没有人有手表。房主人跑去邻居那里，可邻居家也没有表。邻居恳求他把钢笔拿走，他也就剩下支钢笔了，这支钢笔的笔尖很闪亮，跟全新的不差多少。他们丢失了城市，也丢失了他们的傲慢与权利，他们叫喊着绝不会这么轻易地撤退……妈妈害怕地跑上了楼，和军官一同走下楼来。军官身上的军装吓到了我们，但他自己也是面色苍白，脸颊上还流着汗。军官给那两个士兵分了压缩饼干，让他们走了，他知道自己已经失去了一切，他知道现在什么都不重要了。

那个一直扶眼镜的男孩说，那些穿着假军装的"音乐家"会在午夜时分演奏，这标志着他们要炸桥。先炸木桥，然后炸远处的铁桥。

黑夜将这一切都带给了清晨，所有的尖叫声、子弹声，还有男孩口中的那些从没有了玻璃的窗户向外看的人们，他们眼中的希望与震惊。

第二天一早，街上满是穿绿色军装的死人，快到中午的时候这些尸体都被扒光了衣服。在这些裸体的、尚有一丝余热的、可耻的逃亡者中间，横着马车与卡车，车上装的是罐头、黄油、巧克力、被子、手套、靴子。而从河的对岸不断地向这边开着枪，或许是想要保护那些马车和尸体，但那些尸体由于炎热的天气已经散发出了腐臭味。

还是第二天，他们看到了那只追赶着外国人的部队，然而他们的规模看起来既不庞大也不可怕。清晨的阳光仅为城市带来了一小队骑兵，他们看起来十分年轻而欢快，骑着又小又快的马儿。他们在整座城市中巡逻着，在等候主力部队抵达，但大部队也有可能几个星期都到不了。

这时，街道上已经散发出了尸臭味，逃亡者们的尸体，或是恰好被流弹打死的当地人的尸体，都已经开始腐烂了。尸体也搬不走，挡着马车和卡车，车上装满了巧克力和糖果、靴子，随时可能爆炸的假蜡笔、假皮球、假娃娃，能爆炸的亮闪闪的铁盒子、罐头、黄油、马卡龙、还有酒……

　　一切都还没有结束，在宁静到来之前，在清理街道之前，人们贪婪地扑向了被子、罐头和黄油，涌向了马车和卡车聚集散落的地方。然而孩子们，被那个满脸惊慌的、带着蓝色镜片的男孩引导着，喧闹地冲向了假蜡笔、假娃娃，他们抢夺着假皮球和亮闪闪的铁盒子……

猫

有一些细节可能知道得太晚了，然而这些细节对于某个人物来说是如此重要，以至于对这个人物的了解，突然就像铁锉屑一样聚集在了一起。

人质们被关在一间阁楼里挨打挨饿，甚至还要受到死亡的威胁。他们和家人已经没有了任何联系，然而隔壁村庄的家人都正焦急等待着他们的下落。

"这起事件与父亲同志完全相关，他是我在印刷厂的老合伙人、老东家……"利克边说着边把他那又长又重的双腿搭在了板凳上，他一贯这样休息放松，他倒是有闲工夫参与这看似多余的对话，因为这样驳斥这个年轻的朋友，他感到很有意思："这起事件剪裁得很完美，你要知道，甚至都无法找出该事件背后真正的主人！外国人似乎始终在这起事件当中，也就是说恰好是……"

那十个人被相互隔开，如果从他们中间找不出坦白的人，那就以死的代价来威胁他们，他们要坦白到底是谁起草了农民的控诉以反抗占领当局的权威。要知道农民们可是不懂外语的，因此只有可能是那些被流放过的人，才能写出如此愤怒又基于事实的控诉：多少头猪被偷走了，多少匹马被部队征用了，多少女人被凌辱了，又有多少年轻人在夜里被掳走了，连个解释都没有。"你们所受的不幸还不够吗？你们竟然还去同情这些野蛮人，你们想和他们一起被埋葬，一起掉脑袋吗？"就在他们挑选人带走之前，那些禽兽在木板房前这样叫喊道。他们随便挑了十个男的，然后便从草丘上的那个小村庄消失了，那十个人不知道被带去了何处。

利克的比喻是有深浅的，对于毫无准备的听者而言，他的话无时无刻不在敲打着听者内心的脆弱之处。他知道面前这个胆怯的人害怕猫、害怕狗、害怕鱼，甚至连鸡和家兔都害怕。他不喜欢动物，他能被动物吓坏，面对动物他总显出一种迟疑与厌恶。这个小不点儿可是连鸡都不敢摸的……而事实上有个人质从楼上扔下一只猫，而他却漠不关心、毫不在意。

"你吧，不敢摸任何活的东西，就像是见鬼了一样，你敢杀生吗？哎，你想想！我们这样来判断一下这个问题……你是了解那位同志的嘛！"

他不想再晚一些时候再点上烟，虽然或者恰恰是因为这个高中生受不了烟味……他拿出烟盒，用手指捻着香烟，打开火柴盒……除了享受这种挑唆与唠叨的快感，他对这个高中生完全不感兴趣。他也没有别的办法，很快他就会脱那件羊毛的破夹克！他的声音也会变得迟缓，一旦他确定了自己会赢以后便会变得懒惰而温柔……

两天后，流放的人们得知了人质们就在隔壁村庄、在指挥部。在那里他们会被挨个处死，一个接着一个，直到找出犯事的人。

低矮而潮湿的阁楼角落里，挨打、饥肠辘辘，他们一个挨着一个地挤着。和外面没有一点联系,只能听得到长久而凄惨的呜咽声,就像是小孩子的哭啼声。

它在房顶上出现了,离窗户很近。他们早已习惯了它,他们总在一个固定的时间等着它出现。谁知道他们在想什么呢,无非为了吸引它,好让它在栏杆那里多停留一阵罢了。

"可以说,那些本没有那么多情的人们也欣然接受了这个游戏。"

当然,也可以说……一只干瘪而瘦弱的猫,有些患感冒,眼角有眼屎,条纹很宽很漂亮,白色咖色相间,活像只满身沾满泥土的小老虎,它有着家猫的叫声,它忍受着自己的泪腺……当这只邋遢的小脏猫出现时,人们会想尽办法逗它多待一会儿。确实是很无趣的消遣,不过在那种环境下倒也容易理解。

"你说这是消遣?或许有那么一刻,他们真的很和蔼友善。希望如此吧,因为他们特别地担心……"

"他们还在这里的另一个标志是……"这个思辨爱好者沙哑地说着:"生命、世界,以及这个世界上的所有生灵,都在继续地存在着,即便是在这如此残酷的环境下。也就是说他们在审判中,或许……"

印刷工人拖着左腿,他的左腿要短一些,因此他的左脚上穿着三层鞋底的鞋子。他没法剧烈活动,也没法参与其他人开的那些愚蠢的玩笑。据说害怕对于他来说无非一种愚蠢的形式罢了,像是喝醉酒一样。他蹦来蹦去,像是个鬼魂附身的马穆鲁克[1]骑兵。然而,他所表现出的其他形式的害怕,也突然可怕地爆发出来。这并不是

---

1 原意为"奴隶",是中世纪服务于阿拉伯哈里发的奴隶兵。

不可能，就在半个小时前，即将要从阁楼里抓出来第一个行刑时，那场景真是彻彻底底的绝望。

这个小动物流着血摔倒在地面，或许是因为枪声很小，子弹就像是打在了厚厚的、有毛毡的墙上。

如果这样的事情以前也有发生过，那么看起来很像是那个大人物干的，这也就说得通了。当然了，他可能还是会挨打，挨那些俘虏们打。

对于这样的一个趣闻，高中生可能从父母那里也能听到，不一定非得从利克这里得知。比如在深夜时，在卧室里就能听得到他们窃窃私语，这并没有什么困难的。

对于那位可怕的大人物的不满时有发生，虽然这不满看上去常有些畏惧、有些遮遮掩掩。

这个可怜的印刷工人德拉古，是爱开玩笑的利克的父亲，是未来全体人民的父亲。

狱中的同志们所喜爱的那只猫，被那些狂热分子残忍地杀害了，这是真的⋯⋯但是关于这件事，他们也只敢或只能悄悄地说。这些事情也没什么太特别的，毕竟时间也不允许让它拥有更详尽的解释。

浑浑噩噩的利克直到遇到这场意外之前，他都可以随意挪用调配任何东西，无论这是真实的还是他人所杜撰的，但这一切都是用来反对他父亲的，反对他那位青云直上，却坐在本不属于自己的位子上的父亲。战争一结束，他们就在原址后面的两间房里一起攒了个小印刷厂。他们搞到一个转轮印刷机，然而之后很快就得上缴国家。可能连续几个小时他都认真地听着这个活动分子父亲的计划，而这位印刷工人，这么多年来就像他的父亲一样⋯⋯他看着父亲是

9

如何在印刷工人之中一心坚持下来的,他也好像是印刷工人中的一员,而后他又从工人群体中凸显出来,但他表现出很明显的孤僻与冷漠,他一贯都有自己的想法。利克,吊儿郎当又刁滑奸诈,他总是跟不上大家的脚步……当然了,他也不想跟上大家。

他倒是很有男子气概的人,一个能顶三个。他表示,摊上"这种事儿"确实让人有些失去热情……他是这样说的:"要么有胆识,要么有热忱。"他们父子关系已经断裂很久了,而时间又加深了这裂痕。儿子埋怨父亲,父亲看不上儿子。

利克的辩护词说得飞快,完全没有重点,仅对事而不对人地讲述了他自己的判断。

"先生,对于这些像我爸爸一样的人,我很轻易就能辨别出来。我一听他讲话,我就能知道他都能在我们这里干什么。没错,他是能做装订,但这种人不靠谱啊,我是不会给他们这种人安排任何重要工作的。就比如我爸爸吧,我们可是一起共事过的。我知道他能干多少,所以就连看大门的活儿我都不敢给他干。他什么事都完不成,就会废话连篇,搞点什么伎俩。这些人啊,爬得越高,在实际工作上就越没什么能力。"

"戴上领带和帽子!很快你就能收到你要找的证据的。"这个二流子利克对他的朋友这样说道。

仅仅过了一周,这个高中生,也就是我,优雅地戴着领带出现在了会议上,正如利克所建议的那样,虽然我平时只喜欢穿毛衣、大领子的方格衬衫,能随便折叠的那种,还有背心、外套。利克本人也出现了,还戴着大盖帽,真是绝了!他以前可是连贝雷帽都不戴的,然而现在……

这位父亲同志平时穿白衬衫,领子翻在衣服外面。头上始终什么都不戴,就算寒冬袭来也不会戴的。那些在党部的人早已习惯了他出现在会议中,他的领子直到脖子都敞开着,翻在衣服外面。

在会面期间,男孩越发显得沉默。利克如平日一样习惯地去和他打个招呼并聊上两句,他的举止似乎与往常无异。然而,利克似乎并没有发现这个青少年好像感觉不太舒服,男孩的动作笨拙,面色苍白,就好像是没睡够。他忧心忡忡的,好像在想别的什么事情,利克漫不经心地提到他那古怪的行为举止。"导师"利克半开玩笑的批评指责实在让他提不起精神来,他只能微笑地报以赞同。他甚至在某刻忍不住要笑了出来,但他立刻就恢复了拘谨,有板有眼地做着回答。

在党部里,利克一直看着他,脸上还挂着些许微笑。考虑到他和德拉古同志是亲戚关系,利克也就没有指责他什么。那么,利克是堂兄弟,所以那位同志……那么,亲戚,谁知道呢……总之他们接受了当前的情况,他们接受了。

没有了利克的支持,男孩可能就此失去了死皮赖脸的勇气。经过了好几轮辩论他才被说服……有时就像是要表现出些独立的反应,他继续支持着父亲德拉古同志。关于扔猫的这件事是否发生在一个比较关键的节点上?这是否更加激起他们的愤怒与失望,他们将更为严肃地对待:无论一个人是多么的悲恸欲绝、刚强不屈、苛刻无情,要是身边的某位同志死了,他也肯定不敢耍什么花招!

利克的来访更为频繁了,他抽的烟也更多了,他换了一种恳请的语气并重新回到主题上来。他是有自己的个人魅力,但这也并没有什么大用,即便他有再多的逸闻和绰号,如果不把他与他父亲曾经和当前真实可见的形象联系到一起的话,当有人向你提起这个或抽象或真实的人物时,或许你昨天才刚刚见到他,或许他还停留在你脑海里，但你不得不承认你都是无法忍受他的……

"你看他，如果可以的话你要从哲学的角度去看他！你戴上领带和帽子，就是这样，就是为了秀那么一下，你看看如果不听从他的话会怎么样。"利克倒是对自己的观点与幽默十分自信。

"他们很快就会发现自己究竟是在和谁打交道，他很有Führer[1]的天资。只是老爷子的'台基'目前还比较小，你可要抓点紧，趁他还有点底子……"

高中生没什么信心地开始行动起来，他似乎突然就欣然接受了，但他却毫无热情，他的脑子里好像总是在想着别的什么……冷漠与孤独从来就不是面对困境时的反应，更何况是他自己让自己处于这般境地的。他的朋友利克合理地推断出，一定有什么别的东西让高中生无法平静。利克很犹豫要不要问他，比如他是如何度过夜晚的……利克专注而谨慎地看着他。

他所预料的事情并没有发生，穿着不合身份的衣服出现在会场也并没有引起什么激烈的反应。仅仅是在高中生的周围有一些很小的嘈杂声，然而他还是被要求去参加了所有的会议。

比如，他是如何度过夜晚闲暇时光的？利克没想到这样的玩笑正中他的要害。

利克没有想到会有谁觉得必须弄清楚事情的来龙去脉，关于猫的事情！与这只猫的这份情谊，会不会被看得太过夸张了！你觉得你还没做好准备去面对一个摸不清它们规律和语言的动物……在夜晚，当夜色逐渐掩盖了它的毛色，它便露出了极具迷惑力的眼神。它像人一样地叫，就像是在接收着来自宇宙的信号，这样的事

---

[1] 德语，元首、领袖，纳粹统治时期对希特勒的称呼。

情对你来讲你或许完全不会在意，或者可能你正好就是受害者。在白天，它那半睡半醒的眼神，狡猾、慵懒、被驯化过的眼神，它在院子的深处流窜，与别的猫互相偷瞄交流，在家中的角落、在地下室，等待着合适的时间以便随时逃窜。

高中生犹犹豫豫地……在如此众多不了解的活物中，他感到了威胁……来自地下、来自隔壁的"人民"，在大白天爆发，却在夜晚十分安静，它毁掉了一段太长时间的休战。这群"土匪"，怒火在它们的眼神中燃烧，它们的爪子有些迫不及待，大的、小的、健壮的、胖的、硕大的、细小的，还有萎缩退化的。各种尺寸大小，五颜六色的猫。黑色的有着最为紧实的深色。白色的就好像从弧形的、粉刷了的白墙中出来的似的，得有上百只，从厨房的方向走来。红色的，蓬乱的毛好似一团燃烧的火焰，或者是咖啡色的，就像面前的柜子，然而还有绿色的，好像从绿沙发罩子中滚出来的，黄色的像一卷展开的地毯。无穷无尽的系列，淡紫色的像是映在窗户玻璃上，模糊而可疑的黄昏炸成了粉末，蓝色的好像床上卷起的被子……

一个胆小鬼、瞎子，无法接受这份惊喜吗？没有勇气拒绝如此多"野兽"的情谊，这是密闭的、难以预测的吗？如果不闭着眼睛，就不敢走过这辈子，就会被生命所隐藏的本质所吓倒。若是没有了其他的力量，他便无法想象出这样一个角色，要很顽强地去演绎，要能为无米之炊……如果利克有能力刺激到他，并能让他吐露心声的话，这会让利克觉得这只是他短暂的劳累所致，尽管这个年轻的朋友也曾有过同样的疲劳。

这可笑而无解的问题其实是可以被解决的，可又有谁会知道呢，可能需要一段时间。一个笑话、一部电影、两人的一次散步，更长时间的散步……然而，利克只是在等着关于他父亲的消息，关于共同行动的目标！利克在观察着他的伙伴，利克确信造成高中生思想混乱的只能是那位同志。

父亲德拉古越来越少地露面，直到几乎不怎么再出现。据说他被安排去了一个印刷厂，那些嘴里不怎么干净的人们是这样说的，他得重新学做这些手艺活。父亲的位置被一个年轻的男人代替了，他长得有点丑，却很有礼貌，是首都来的。关于这个男人，据说他由于生病终止了最后一年的学业。这个新的活动分子看起来是受过高等教育的，却显得有些病恹恹的。

在一个下雨的星期二，午后利克去拜访一个朋友，他白白等了那个朋友好几个小时，远超过了他们说好的时间。利克从男孩的妈妈那得知，他整个星期天都待在邻居的阳台上。男孩弯腰看着这只装有沙子的小箱子，"小美"就卧在上面，身旁可能是它刚生的一堆小猫。男孩晚上才回到家，几乎就要晕倒了，他不断地呕吐，整晚都睡不着觉……利克并没有放声大笑，也没有显得惊慌不安，他因缺失了幽默感而显得有些愚钝。针对于这个男孩的脆弱之处，利克其实在偷偷地引导着他。看啊，利克也可以如此严肃地跟个书呆子一样！利克没有了他一贯的幽默，其实利克也可以接受他所爱之人的古怪与独特啊！青少年变得令他反感，然而利克并不想表现出来他已经发现了这位青少年的变化。利克只继续问着与德拉古同志相关的问题，以确认男孩是否和此前一样在开会前精心准备好了着装。那天，从这位伙伴的脸上不难看出他总想说些别的，而利克总想要盖过他的话，他着了魔一样地喋喋不休，他抽着又臭又便宜的烟，每说三句话都得吞云吐雾一阵。

德拉古消失后比较奇怪的结果是，曾经同僚们的着装都更为丰富多样了。甚至出现了帽子、丝巾，还有领带，虽然都是灰灰旧旧的那种。而现在戴领带变得越来越普遍，这简直就像是必须的一样，大家要十分严肃而得体地讨论。当房间里变得很闷热的时候，几乎没人敢松开领带打开领口。把领子翻在外面这么穿的人，现在也不许发言了。那位代替德拉古的人，戴眼镜的年轻人，只穿黑西装白衬衣，戴领带。

更加令人难以理解的是，恰巧就是现在，高中生周围的气氛突然变得紧张了起来。他们跟他说的话坚决而简练，他们好像一直在找他的碴儿，至少他是这么感觉的……一些会议他们会忘记叫他，也不知是有意还是无意的，总之就是说没有找到他，所以他们找了别人代表。

他们把他从世界节的名单上删掉了，或者根本就没有提名推荐他。一些人私下是这样讨论的，事实上这正是其中的原因，全都与此前被除名了的德拉古有关，毕竟他们是亲戚对吧……荒谬，真的是荒谬！利克低声咕哝着，他摸不清自己的位置。利克，这个爱打保龄球的人，这个捣蛋鬼、碎嘴巴。

高中生应该去反对他们的做法，他应该去寻求辩解与证明。他得搞明白当前的状况，绝不能就停留于此，按照某人的意志……然而利克的建议并没有奏效。高中生看不上他，他总是用同样的态度回答，那是一种狡猾的恭敬谦卑，就像个哲学家："他们早晚都会发现我不行，但其实我早就知道，我根本就不行。"当然了，这不过就是为了装模作样而已！没有人比高中生更符合怀疑论者了，他随时能回到那些"文件文书"中去，随时能回到那些强迫而为的、微妙的矫揉造作中去，看啊，这根本就不是他的意愿呢……至此为止，煽风点火的利克决定亲自到访那个"说好的地方"，去一探究竟。

他满意而归了吗？利克没收到的解释，或者他说他收到的解释可能是按照他的想法所构思好的，也可能是某个充满寓意和谐谑的新段子。

没什么严重的，或许其中充满了信任，最终又有谁会知道呢……提高警惕，提高警惕……我们会看到的，我们会研究的。不清不楚，任人唯亲，资产阶级遗留的产物，阶级斗争，提高警惕，对于他没收到的解释，以上的这些胡说八道，或许就是他迅速再加工过的。

然而，他并没有提到"大使命"，他直截了当地说道："来吧，别想你那些没用的了。咱们去电影院，我们有一部特别的电影……"他的话语是这样的突然、高傲而仓促。

他们去了电影院，就好像什么都没有发生。电影开始后几分钟，出现了阅兵和节日游行的画面，这个幼稚的知识分子在这个瘦高个儿的耳边说道："看哪，你爸爸。"

在大广场上，将军骑着骏马，检阅着警卫团。

"看啊，你爸爸。"这个小书虫重复着。

"哪个啊，我的天，你疯了吗？"

"你看，骑马的那个将军。"这个苍蝇一般的猎手、爱做梦的老鼠大声地重复道。

"天哪，你这个疯子。"这个乐观主义者恼怒地叫喊道。

利克站了起来，把身边的他从椅子里拽起来，把他从电影院里拖了出来。他们走了一段，没有说话。

"刚才那个就是将军，你个书呆子！"

"真的吗？"同行的这位同志问道。

"我跟你说过了，父亲同志是个小角色，他已经滚去一线工作了！我提醒过你，用不了太长时间你就会受不了他的……你们又不住在一起，你怎么知道。万一……现在？将军，我跟你说。你也看见了他骑马的样子多么高傲！白色的骏马，看上去多么俊美，而你平时就知道瞎看女人……那可是将军啊！很快的，他会变大，变成最大的、最可爱、最可敬……"

利克愣住了，好确认下这小鬼是不是疯了……他这碎嘴巴很难控制自己不说脏话，而高中生好像并没有察觉。

"算了吧，你又不能什么都预测到……"这个乳臭未干的毛茸娃娃漠然地唉声道。

"你这个小不点儿！你这个小裤衩！你这个穿人皮的小耗子！"这便是接下来对他的安抚。

"算了，我不惹你生气了。"这个蹩脚的小演员继续说着，用着温和而庇护的语气，"我们还是说一些老故事更好，就是你喜欢的那个……被狂热分子所杀害的那只猫，这不是你爸爸的故事，我知道，是别人的故事，是更重要的人的，远比他重要得多。来，递我根烟。"

利克拿出烟盒，抽出一支烟递给了他。他突然停住了，像是反应了过来，什么猫的故事，什么烟？这个小屁孩儿……他把烟从学生手里给夺了回来，扔掉了。他脚后跟点地转过身去并捡起了烟，然后大步向相反的方向离去。

他年轻的堂弟也跑向他，呼哧呼哧地，想去哄他……

"你这个小不点儿，小画片儿，你这个爱争强好胜的！你这个清汤寡水儿的，你这个逃避现实的！假洋鬼子！你成不了什么大事！你个大舌头，玻璃心！小猫崽子，你这个爱争强好胜的！"

17

然而，他继续跑着，胡蹦乱跳地想追赶上他。

愤怒的利克摆了摆手，赶他走，推开他。他放弃了那些借来的话语和故事，他没有发出任何声响，只是用右手向他扇着风。他心里当然是很生气，还不断地在心里骂着他。他骂个不停，骂得让人毛骨悚然，他的言语中充斥着激动与混乱。

毕业典礼

一座白色的老房子。

宁静而漫长，犹如水晶一般的仲夏夜。

夜间的潮水像是倒映在一面黑镜之中，开始于很久以前。尚未解开的密符，被紧锁在其他某个时代的地下墓穴之中。

头头儿们煮沸了代表希望的颠茄，叔叔开了一家小酒馆，侄子组织了工人合唱团，邻居买来了羊羔，女学生和一个残废跑了，据说那个残废吗啡成瘾。集市坐落在云雾之中，夜幕下的黄昏就像是漏斗一样，将所有事情都汇聚到了一起。凡事皆有可能，时间在膨胀中沸腾。律师不小心用打野鸭的猎枪伤到了自己，马倌跑去了美国，药贩子发现了老婆和自己兄弟的奸情，拉比[1]的儿子扔掉了犹太教的法衣并成为一名铁路扳道工。战争的伤员、怀孕了的小学女生、智者背弃了图书馆，商贩挥舞着红色的标语，家庭妇女喊

---

[1] 犹太人中的一个特别阶层，是老师与智者的象征。

叫着，钟楼传来僧侣们的哭声。膨胀了的瞳孔与手臂，一直能膨胀到月球……在充满童真的梦幻仙境中，所有人都在炭火上欢蹦乱跳。晨曦从火热的、满是草药浓汤的大锅中升起，又是一天嘈杂的喊叫声。

美好的瞬间就像一张张的快照，变得越来越模糊，似乎由于时间太过久远而难再记起：年终的荣誉奖状、演讲、旗帜、军鼓雷鸣下的誓言与荣誉。然后是很受欢迎的冰淇淋球，家人从名叫施特劳斯的甜品店买回来的……深夜里一阵阵地翻来覆去，又是困苦的失眠。老去的灰烬似乎立马变成了一小段的蜡烛，点燃了那高傲的、充满醉意的年华。

老房子，童年的城市，嬉戏打闹的、滑溜溜的曾经，昏迷中似乎看到了火焰的剪影。

车轮的咔咔声、呼喊声，面对那如重获新生的暴动，曾经一度的热血沸腾与舍生忘死。触手可及的天空中，令人神经衰弱的小提琴偶尔发出流血时的孤独尖声。在咕咕哝哝与神秘的时间中，是仍未开始的开始，还有那老旧而模糊不清的底片。

当然了，我没有去找她，我尽可能地避免让她知道我在市里休短假。惊恐的大眼睛，还有充满恶意的枕头都让人不住地抖动，一天天过去，两鬓变得斑白，头发也越发蓬乱……被榨干被搓捻的时间寡淡而乏味，让人丝毫没有任何期待。那位女教师也早已分辨不出，她一直玩弄于掌股之中的猎物脸上那惨白与恐惧，直到这猎物变得癫狂错乱，甚至不敢发出哪怕一丝吼叫，活像一只瞎了眼的鲨鱼。

我不时受诱惑般地继续听着，难道这就是罪责的、青春期的谜题？我打断了这令人疑惑的哀歌，并接受失去那些我不曾明白的事情。我突然打破了幻想，我曾经逃得远远的，逃到比北方更北的地方。然而，现在我又回来了！过去的记忆曾是军鼓、旗帜、多疾的黄昏，未来则是牛奶与蜜糖，还有施特劳斯甜品店的冰淇淋球。在新的一年到来之前，我还能享受好几周假期的慵懒，未来马上就要到来，正如前人所经历的一样，从秋天开始，在完成收获与赎罪之后开始。

很久之前，好像从未发生过一样，在万恶的学校再次开学的前一周，学校的行政女秘书在班门口流着汗，呼哧呼哧地喘着粗气："给我去办公室！"她用余光瞟了瞟那时一脸不忿的我，她的话语严肃而简短，恰如其分。

"这就是我们的团支书。"

团委书记换人了……这个新来的女书记很高很瘦。她微笑着俯下身来，毕竟这位学生领导是班里个子最矮的。我有些迟疑地和她握了手，她那双纤细的小手竟十分有力，我就这样开始了与这位"行政领导"的关系，从一开始便建立了密切的关系。我们不得不承认，这位女书记给予了我们极大的指导和帮助，她会采纳我们的提议并鼓舞我们的干劲。每当有重要任务出现时，她还会给我们一些她的建议，她常能发现一些独到之处并激励我们要各尽其职。我们的团支部也因此成为最佳集体，在各式各样的会议上也常常被提及。在广场上举行的游行与集会活动中，我们总是开场的队伍。在庆祝活动中，老兵们以及工厂或农场的先进模范们访问了我们，其中甚至还有国外的演说家。我们访问了工厂车间，我们的歌声与韵律让我们所到乡村的乡亲都赞叹不已，领导们也总是对我们报以赞许的微笑。

过多的赞誉反而像一记耳光打在这位学生领导苍白的脸上。他活像个小丑，像个任人摆布的布娃娃，而且是要显得生气勃勃，要经常成功地占据舞台，或者要占据荣誉满满的团委的席位。这位陌生女人突然地出现最终还是逃脱不了那双严苛的法眼……党委指导工作的会议结束之后，当我想要离开的时候，党委副书记拍了拍我的肩膀，眼神中流露出了些许关切与不满。

"我听说在你们那儿，是个女书记在管事儿啊。"

我涨红了脸，他的话语好像是我一直在等待着的，又像是重重的一击令我双腿瘫软。这位领导离开了，留下我自己一个人在原地手足无措。

在小战士们的生活方面，这位女书记倒是挺爱管闲事的。要是刚才我再多点胆量，我一定要解释一下，这位夫人的慷慨陈词常常能让我们备受鼓舞，让我们士气大增，让我们……也就是说，要是我们没有了她还真就少点什么。实际上她也不是什么夫人，我从没见过她像我妈妈一样涂口红，不做头发，不涂红指甲，也从不梳妆打扮，她一点都不做作。她就像每天来我家的那位，给她家那位"小孔雀"说媒拉纤的女医生。

她紧张而焦躁地微微俯下身来，她那灰暗的双眼以及干巴巴的嘴唇，她有些着急又有些不耐烦。她一般只穿合身又有些透的衬衣，她常显得心事重重的……她那甜美的手指，因为能看到血管而显得有些发紫。她紧张的时候就常常摆弄这纤细的指关节，好让自己放松些……

她精力充沛又不知疲倦，她总是让我做排头兵。她对待我们十分平易近人，她还计划着给我们弄套制服穿。

她和她的这位学生领导逛遍了市里的破商店，最终选了一款米色的薄料子，还有咖啡色小扣子，她还一直在思索该怎么说服家长给我们买。她在办公室里画着这些给男孩女孩们做制服的草图，一直画到很晚，她还把这些草图拿给了这位学生领导一同讨论。

她向我征求意见，她确实给了我足够的尊重……然而，她有几次也帮我整理了领带，她不喜欢我系的这个结。有一次她把领带从我的脖子上摘了下来给拿去熨了，我的领带是那种便宜的粗布料子，很快就会变皱。她就住在学校的院子里，不一会儿就回来了，手上还拿着熨得平平整整的领带，就这样在众目睽睽之下。让我不满意的是，有一段时间她连演讲稿都会给我起草好……她给我们画好了画册，是我们要寄给盛大的国庆日用的。她甚至还用彩笔帮我画好了我地理作业的地图，然而这跟我们的集体利益根本就没什么关系。

团支书的威望在最近显得有些虚无，我无法否认党委的副书记临走时丢给我的指责。我也不知道该如何重新获得领导权，我很乏力地在这里搅和是非，就好像这是我的职责所在。

过去的那些照片……穿着短裤的学生领导俯下身来，很艰难地搬起圆木，这是在学校院子里的义务劳动。秋天，穿着旧大衣，没戴围巾，能看到里面白色的领子和领带。在观礼台上，一张锋利的脸颊，是男孩烧红了的脸庞，他举起了手：他在向那位70周岁敬爱的父亲敬礼，那位慈父正站在克里姆林宫紫红色的高塔上望向远方。女教师没有出现在照片的底片里，我走在荒芜一人的小路上，我独自动身去城市的另外一头也变得毫无意义……当然了，那里除了光荣行动后火烧过一般的、毫无生气的残渣以外别无他物，无非是要填补下这粗糙模糊的底片而已，我也只能等到晚上才能放火烧掉这些无法言语的破烂。

突然间窗帘飞舞了起来，诚然，这幕布犹如突然被揭开。窗外如画的景色像是在摇摆，又像是记忆中的底片，给我们带来了曾经四季的惊奇与惊喜。

  外面下着雨，秋日的寒冷敲打着窗户。观众们逐渐聚集了起来，在墙边的长凳上落了座，剧院里挤满了人群。不知怎么的，我们进到了一间包厢，躁动的人群就在我们下方：我确信他们在望着我、注视着我。

  突然间黑暗吞噬了嘈杂与所有脸庞，只看得到舞台上的红太阳，警察局长的大盖帽和他金黄色的八字胡，他驼着背，脸上露出了脏兮兮的微笑。

  这是我们第一次来剧院……他们的言行举止比现实中更加鲜活。那位警官站在舞台上数着，弄乱了手中的旗帜，在市政府，在女校……然而我并没有笑。尽管这些角色是如此的谦逊和蔼且令人着迷，我依然没有露出任何笑容。我只能模模糊糊地听到剧院中的笑声，我突然间感觉到一只手扶在了我的肩膀上，然而当我察觉时已经太晚了，这只手抚摸了我的脖子和头发，我被这突如其来的亲近所惊醒。黑暗像是开了线一样变得尖细，我能感觉到舞台的灯光照射到了我们，像是给了我们重重的一击。

  剧院中此前潮水般的声响突然安静了下来，似乎所有"目击者"都不再看节目，转而看向包厢。我们一动都没敢动，我们无法全身而退，只能蜷缩在一起，我们像是窒息了一般。

  我一阵咕哝低语，我想要说些什么，好提醒她这灾难般的场景。我们根本没有足够的时间从这羞耻难堪中解脱出来，她拉住了我的手，慢慢地将我拉向她，我们一同逃了出去。我听见了身后的摔门声，我被拖拽着滚下了楼梯，我们沿着圆弧的背墙逃了出去。

  人行道就像是在滚动，又亮又黑。我们爬上爬下，气喘吁吁地走在这沥青小道上，学校就在窄窄的小街角处。她牵着我大步流星地向前走，她那修长的双腿走得飞快，我有些跟不上她的步伐，似乎这黑暗而又潮湿的道路也跟不上她的步伐，我只能紧紧地跟着，跑跑跳跳地撵上她。

她感觉到我的手指因害怕而颤抖，她停了下来，我们停了下来。在我们的背后，一波又一波的轰鸣声继续着，震得天崩地裂。我这才发现，那是剧院里响起的掌声……她笑了，我们笑了，我们站在小路的尽头。

她尝试了很多次，才很艰难地把钥匙插进了钥匙孔里。我们推门而入，进到了办公室里面，即便是在一片漆黑中我们也认出了书柜、长桌子，还有又高又软的椅子。她在我耳边断断续续地说着什么，具体我也记不得了。我的嘴肿了、破了，但我喜欢这种感觉，我回应着她，我主动地……我踢倒了椅子，又碰到了另一把，我愣了那么一下，地板突然像是爆炸了一般，瞬间让我们都清醒了过来。我们吓得分开了，她一只手撩了下耳后的头发，又摸了摸自己的脖颈，而另外一手拍打着前胸，好平复一下自己的心跳。

她把两把椅子拉开了一段距离，在一片漆黑中我听她讲了好几个小时。秋天夜晚的寒冷与狂怒，这是一场真正的、无与伦比的演出，温暖而甜美的黑夜像是搅拌的糨糊一样黏稠。这样的夜晚重复着，同样的夜晚，另一晚又一次在办公室里直至午夜。她总是这样一半忌惮一半欢喜，讲述着关于这位女孩曾经是怎样的，讲述着关于教师和学生的故事。我也不知道都发生了什么，在接下来还会发生什么。

温暖而湿润的夜晚令人沉醉、畏惧、慌张，还有那些话语。细碎的脚步声很蛮横，一道不熟悉的、仅仅能预感到的门槛。要是没有被这些意外所打断，这份紧张便会每天都有所增加吧。

"早上，我翻了个白眼……"历史课的老太婆在团委会上是这样说的，"我这段时间一直都是装模作样，也不再像从前那样了，我就会瞎胡闹，跟个年轻的小姑娘似的"。昨天，女书记同志发现了我在物理课上打瞌睡……她责备我不明白她的情感："我都已经两天没见到你了！"她语无伦次地说着关于悬挂彩旗、朝鲜、马卡连柯[1]……我每天都有女书记的物理课或化学课，还要和她一起开会，是那种工作上的会面！她说我走神儿了……她是这么说的，语气中既有责备又有爱抚。

我确实望着窗户走了神儿。

我闭上了眼睛，确实，我并没有在听她讲话。然后连续几分钟，当她分配工作的时候——谁来剪大字，谁来贴标语，在哪里挂彩旗，等等，我就呆呆地凝视着她耳边那卷细细的头发。夜晚的细节在教室的灯光下变成了另外一幅光景，这位物理化学女教师变得严厉、陌生、拘束、怨恨、狠毒、光滑，她像是在监视着什么，并且控制不住自己。每当我在到达学校之前，我都要尝试着消除我的困意。

我睁开了眼睛，我又重新找到了她。我的眼中又拥有了这副样子以及所有的细节，听到了她那令我难以忍受的嗓音。我感受到从脖子向下到肩膀，都细腻而又苍白，细碎的脉搏和暴起的青筋，干燥而爆裂的嘴唇像是火烧了一般。我能清楚地记得她的双手，还有飞起的窗帘，突然间，窗外的黑夜……修长的双手，纤细的手指，手上那纹路清晰的绿血管，发青的手指，指甲一直咬到了肿胀而发

---

[1] 马卡连柯（1888-1939），苏联杰出教育家，提出通过集体生产劳动来教育儿童以及在集体中进行教育的原则。

热的手指肚，粉色的皮肤带有那么一丝微苦的味道。

我睁开了双眼：她用指尖捏着粉笔，飞快地转动着，刺向黑板并切开了一条白线，又打开了一个圆圈，写下了各种公式。她的手指突然和白天一样，不安分、快速、暴力，像一瞬间的火苗，又像一管稀薄的空气。

她说我又走神儿了，而且还是在她的课上！我沉默不言，并感到一阵的厌恶与愠怒，这简直就是专横跋扈！她也立刻就展开了报复，突然间就再次转变成机关领导的那副嘴脸，然而这并没有持续多久。

星期三，接下来的一天她得知了我是多么不用心，并且多么肤浅地在读萨多维亚努[1]。他们每一位教师同志，其中不乏有一些还是比较欣赏我的，都会留心给她提供关于我的最新消息。然而，她对于这些检举也并没有显得多么在意，尽管对于所有人而言，她对我的关注已经太过明显了。她很快就忘了上周五我责骂尼库和达娜的事情，就是她和那位军官的孩子。她说我看他们孩子就像是在看"恶心的小猫崽儿"一样……接下来的一周，她很好奇我为什么在炮兵同志面前表现得慌乱而不知所措；毕竟他很少出现在这里，我本可以表现得正常些，不是吗？

冬天来了，少校的确有几周都不在家里，我们的地点也就从办公室搬到了她的卧室。

灰烬般的黄昏，雪白的夜晚升起，冷风吹在玻璃上，似乎每个小时都会结出新的冰窗花。小猫崽儿们早早就在他们的房间睡下

---

[1] 米哈伊尔·萨多维亚努，罗马尼亚社会主义共和国的卓越领导人，罗马尼亚二十世纪上半叶最负盛名的作家。

了，时光也变得稀薄而尖细。

我听着脚掌踩在冻硬了的雪地上的咯吱声……应该是某个晚归的人，手扶着学校的围栏以免滑倒，他敲开门进到院子里休息一会儿。不一会儿他靠近了，敲打着窗户：竟然正是团支书的爸爸！他随之也将麻烦带回了家……一路上很有距离感，沉默不语，只想着可千万别滑倒在学校旁边公园里的小路上，这小路上的积雪已经被踩实，光滑无比，我一路无言，毕竟这位学生领导强烈否认任何除组织以外的权威。

之后，春天来了，伴随着她那全新而令人厌烦的习惯也来了：她常常来家访，哪怕有时候就是来看下我们家的厨房。

"让他学习吧，我出来，不打扰他了。"我妈妈和她刚一见面时总是这样说，好让她不要再来了。

每次都是这样突如其来的会面，家人那多疑和责怪的眼神，他们就像是绝望的守护者，他们不想明白，当然也不敢说什么。

这是多变的一年，就像是所过得每一天一样。春天带来了疲惫，带来了疏远的愤怒，还带来了冷漠。或许有太多的光亮，就要被这每一天太阳的白炽所吞噬。令人无精打采的、隐蔽的、被庇护的、阴暗下的角落不复存在了，只剩下办公室里没落的安静，卧室中的神秘，以及会议中的会心一笑。

我不再有耐心，也没有了力气支撑到结局。反正也没几个星期了……我就要升到更高的年级了，而且这组织也就与我再没什么关系了，这是争强好胜的青春期的凯旋，也是荣耀而动人的隆起的乳房。

又一个蛊惑人心而又放荡不羁的夏至日。混沌的双眸、瘦弱的肩膀、消瘦而苍白的面容、修长的脖颈、白白的嘴唇、潮湿的额头……一位献身于教师事业的单身青年，刚刚来到了我们这遥远的边疆城市。我一眼就记住了他，英俊而强壮，就像一位来自埃及的演员，他那深邃的双眼十分忧郁，他的动作也很轻柔。

当全城人都知道的时候我也得知了，我成为高中生已经有几个月了，我似乎在这疖子般的平庸中迷失了自我。而在那时，那位女教师因为一些流言蜚语的缘故，已经离开了这座城市好几年了。

春天也才刚刚结束了没几个月，便是"我们"的结束与分别，没有结局的结束，会永远都不结束吗？

五月的某一天，时间像是凝固了一般，我正倚靠着学校院子里的木头垛胡言乱语，我在给他们讲一部我刚看的美国电影。一个残疾的中学生，曾一度迷恋着他的女老师，却意外地撞见她正和年轻的校长接吻。在滑冰场上，他绝望地推着轮椅……他即将成为美国总统，向包厢中因情感爆发而快要哭了的老夫人挥手致意。但我可不残疾，我也不迷恋谁，况且我还是团支书呢！我不信算命的，也不信教堂里的那些，尤其是这种催泪的陷阱反倒是让我很喜欢。我走出了教室，脸上满是考试前的疲惫。而她刚好从住处走去办公室，她停了下来问我最近如何。天气很热，我倚靠着院子里的木头垛给她讲了这部电影，她笑了。

我看着她的脖子、双手、嘴唇……我很难想象她衬衣下的乳房是什么样子的，她满是不安与躁动……而这开不了口的问题，在这样一个尴尬的年纪。

暧昧而又尴尬的重逢，发生在我大学毕业后的几个月，那时的我已经和曾经那位代替了我的位置的男老师一个年纪了。她曾经的激情与躁动，不再需要其他的什么，便足以让这为贝都因人[1]数学家

---

[1] 生活在阿拉伯半岛和北非的民族。

对她一"箭"钟情……对，没错，已经过去了很多年。我走出办公室下楼来到院子里，我倚靠在墙边。我就离开了半个小时，就接到了打来找我的电话。无论如何还是有一位同事接起了电话，他很感兴趣是一位怎样的女良师，将什么样高贵的希望希冀于她最爱的学生的未来上，也很好奇这位和我亲近而又有能力的领路人。或许这位陌生的女人也用了同样的话语，经过了这么多年，当她现在再次提起过去的那些术语，还有她的继承人"小猫崽儿"们，一切都显得稀松平常。

闷热得令人窒息，似乎墙面也在流汗。灯管疯了一般地闪烁，在烟雾缭绕中我们很艰难地看清彼此。还好她没有找到我！要是我接了电话，我肯定能扔出手中的尺子，把窗户都砸碎了，估计那时候所有人都会安静下来。同事们也就能从电话听筒里听到她的嗓音，她的用词还有她那多变的语调。我也肯定能听到她的叫喊，还有她断断续续的唠叨。

我可不期待这些谎言与阻扰，对于她如何作答我也毫无兴趣。

当然了，什么也没有发生，我不在办公室，是一个话多的、学理工的男同事替我接起的电话。

她的那些问题自然也达不到什么目的，毕竟是要从别人那里得到照片中小男孩的消息。窗帘来回飞舞着，扫着窗沿。

我需要一个平静且温柔的声音以赢得信任，好让我被人追随，被人坦诚相待……

这不禁让我想起了某年冬天要结束的时候，她病倒了几个星期，我却不敢去看望她，也不敢出现在她的家人面前。

她叫了我，我也回复了她。如果我没记错的话应该是个星期日的下午，还有几天她就要完全康复了。房间里只有我们两人，她在床上掀开了被子，这位女病人笑了。她穿着一件白色的花睡衣，领口很深，能看到一对苍白的乳房。

进了屋子后，我站在门旁边问她身体好些了没有，我在桌上放下了礼物盒以及鲜花。当我还僵直地坐在椅子上的时候，都没有意识到房间里似乎就剩下我们两个人了。她让我把门关上并锁上，她又重复了一遍，说家里没有别人了。她靠近了我，让我坐在床上靠她近些。她的手很是匆忙，还有些潮湿。她的嘴唇也变得柔软而温和。当然了，什么也没有发生，我也无须赘述……我非常地清楚，自然也没有发生什么，无非远处有双眼睛看到了我们，不过很快这个目击者便离开了。

我犹豫着要不要在这个小城里再看看，这个早已被时间所啃噬的"干尸"小城。

窗帘拉了起来，不多时，窗外也已是一片漆黑。那些贴在墙面纸板上的照片飞舞着。我再次寻找曾经那双贪婪的眼神，再次叫住那位沉默的目击者，而这一切都已经随着时间而飘散了。

她是个女的，也许是某个亲戚、同事或是朋友，反正我也记不得了。也可能是学校的女秘书，在那个假期她领着我从家中去了办公室，给我介绍认识了女书记。

我只记得是个女的，年龄有些偏大，身体不太好。她也来看望她，她坐在离床不远的椅子上。我进门的时候就发现了，这位陌生女人好像也刚来不久。房间中的小孩子们似乎也察觉到了，不难看出，刚来的这么多人还都没有适应这房间的氛围……

学生（我）有些羞怯地敲了敲门，当时还是冬天，春天还没有到来，一切依然还没有结束。门后有一个陌生的声音回答了，这个声音显得激动而又有些犹豫。他走进了房间，左右打了招呼便坐在了炉子边的空椅子上。他看得出来这位陌生女人也刚来不久,应该还要再多待一会儿。

然而并非如此,她和病人也就说了几句话而已。她的语气轻松而平常,听起来不像说了什么特别的。而这位青春期的少年则感受到一阵长久的目光,从病人身上移到了他的身上……然后两个女人之间一阵迟疑,她们什么都没有说,也什么都没有做。

那女人站起身来,说了声抱歉便要离开,主人也没有挽留她。或许她也察觉到了,当女人看到学生有些局促不安时便立刻就明白了……病人微笑着,就像是刚和自己亲密而又了解她一切的朋友聊完一样。就算她什么都不知道,她也会同情这孩子的难处的,毕竟这么长时间以来,这位少年所面临的事情很是令他头痛。

这位陌生女人也站了起来,就好像她待在这里也没什么用。对于这刚来的小男孩,她很快就看明白了。她离开了,她深深地看了一眼这里所发生的事,当然也并不会发生什么。但她却抓到了这房间中的氛围与实质,应该不仅仅如此,或许还应该有什么别的无法理解的,或是什么危险的事情?

在那一刻最有价值的目击者,错过了……那是唯一能为我澄清一切的人,然而现在,我就像是在黑夜的丛林中放声咆哮。

两张床

　　白色的墙面，门也刷成了白色，窗框也是一样，还有院子的栏杆。天花板和这一天的天空一样白，床下面的地板像是黄色的马赛克，而其余的地板被油布盖着，上面是一些白布，就像降落伞一样。

　　这里和外界完美地隔绝开来，就好像在嘈杂的市中心却有一间上好的宾馆客房。这一片平静的空间似乎被一份焦急所保护着，他人可能会说，这份焦急是热情与关切。

　　从那时起，已经很难再去分享同样的快乐。已经连续几个小时了，你在这里监视着楼下的脚步声，希望能够很快就辨别出你一直在等待的信号。时间像是滴水一样，一滴接着一滴而过去。时间似乎又变缓慢了，它的流逝让人难以察觉，钟表又走了一圈再次回到了原点。你在床上坐了起来背靠着墙，从阳台的玻璃门透过窗户盯着外面的那一块正方形的天空，你看起来对什么都提不起兴趣。你的心情有些慌乱，似乎已经准备好了能再早一点发现这份惊喜。

　　你的脸上并没有显露出紧张，身子也还在原来的位置。苍白的脸庞好像渐渐地和白色的墙面融为一体。瞪大的眼睛，蓝色的……一道细流缓缓地划过面颊、鼻子、下巴。很快，安静被一阵呻吟所打破。你想要打个嗝，不过又憋了回去。又过了一阵，眼泪也停了下来，不过又开始流了出来，你似乎想要咳嗽。直到什么都听不见了，只剩下满是清澈泪水的眼眸。在接下来的时间里，你金黄色的头发被打湿，额头上也满是汗水。

冷静没能战胜这太过鲜活的情感，报复也仅仅存在于胜利的混乱和匆忙之中：慌乱中摇摆不定的小动作。你面色煞白，就好像是你获得了一直以来所企盼的胜利，同时也伴随着豪情过后的灾难。你眼睛中的光亮达到了让人无法承受的明亮，这是危险的变化，是无法控制的变化。

你听，是脚步声和话语声，离很远你就能认得出来，无论周围有多么众多或是多么复杂的奇怪噪声。直到门开了，你紧张的就像是拉满而快要断了的弓一样，为了不再看你，我选择闭上了眼睛。你在那一刻是如此的紧张，你满脸通红，就像是意识到自己快要被审判了一样。

我一开始还挺同情你的，因为我的性格比较柔弱，很容易同情别人。然而过了一周以后，就像是那些发现了身边还有比自己更软弱的人，我甚至有些讨厌你了。我最终还是醒来了，我已经有能力去面对所有我能承受的恶意，以及那些能够很好地控制自己也能很好地控制别人的人。我可没时间去止息他们对我的这份残忍，也就不得不快速放下戒备，我可受不了如此长久的压力。我更希望你也早点实现你的愿望，医生啊，你赶紧回家去吧。让我一个人待会儿，在这样长时间的等待中最好什么也不用想。

那会儿我跟你提议我们一起玩跳伞游戏，我已经好几天没跟你提过了。有人提醒过我你的心脏有些过劳。我很理解你,我想要等你哭完了我们能再聊一会儿。你也能猜到的,我也需要朋友嘛。那时候我还是个小男孩:这张照片显得我眉毛很直,我的大眼睛是棕色的,还有点发黑,我的头发差不多是金黄色的。当然和你的不太一样,你留的是一直到耳朵的西瓜头,刘海儿离眉毛有差不多两指的距离,你的嘴巴稍稍撇向左边,多少有些讽刺与不羁的意思。一张5岁小孩儿的照片倒也没什么,再过个五六年,我再长大些,再多经历些事情。当你不再这么阴郁孤僻的时候,我会再给你多讲一些故事的。

尽管你并不在意旁边的床上是谁,这张照片也还是值得你看看的。当你看到照片的时候,你就能大概知道是哪年照的,无论如何你都会感兴趣的。关于我的冒险吗,那是公主和勇士的童话故事!我敏感而脆弱的性格就和你一样,我们都没什么特别的。我相信我们会理解彼此的。

要知道,我们当时就是这样子的,我们两人同在一个房间里,你一直确信你正在忍受着莫大的不幸。其实,飞行员的游戏也挺不错的,因为我们的床上有足够大的地方。当我们跳到床上的时候会发出巨响,我们穿的白布做的睡衣又大又长,当我们跳下来的时候睡衣会像降落伞一样打开。我跟你说过了,我们会降落在指定地点的。

在接下来的一天,我并不是因为想要报复你才问你长大以后想做什么的。我完全没有嘲笑你的意思,只是因为我们都习惯了总是听到如此正式的问题。当然,你不得不承认,我也没想要坚持问出你什么。我也没让你说比如你更爱谁一些,妈妈还是爸爸,当然我也看得出来你更爱谁。

仅仅过了一个小时,至少院子里的表是这样显示的。你已经好久没有打嗝了。我也不期待你能回答我。整个早上你都在哭闹,不过最后你还是哭累了。显然那时我也很无聊，所以就跟你搭个话。

我很荣幸你竟然将头转向了我，这确实很令人意外。你看起来就好像是想好了一个思考良久的问题。你在深思熟虑过后稍有些痛苦地回答了我："医生，我以后就想做这个。"你的脸庞坚定中又带有些屈从，声音也很平缓，或许最终你还是接纳了我。

在天空中只有我们两人，我们自由自在，我们能逃脱一切噩梦。曾经的所有危险都追不上我们。我们计算得很精准，我们又白又长的降落伞总是能降落在指定地点。床底板都快要被我们给跳弯了，床垫发出巨大的声响，就好像飞机坠落在了房顶上。我刚准备好跟你再次提议什么，就被你像馅饼一样给拍了回来，你的回答很聪明也很任性。

我也应该告诉你我以后想做什么，这个选择确实还挺难的。白色的墙面上有水雾，偶尔还会有只苍蝇，那只苍蝇一直停在那里没怎么动，白墙上的水雾很模糊。我又想起来了更多的细节，让我再好好想一想，一切都在我脑中了。工厂里来了一个新职工，不得不说我爸爸对他印象很深，他是一个很年轻的捷克工程师，他负责指挥设备安装。还有什么其余过去的情感吗？那些令人无法自拔的情感，过去的那些磕磕巴巴的话语像一个光环，在夜晚散步时的周围，男孩还有父亲，两个男人……在经过这么多年的动荡与严寒后，你醒了过来。你会发现你曾幻想中热闹的工厂与工地，在那里稳定而又受人尊敬的工作可能确实能让你收入不菲，但这工作也确实很死板单一。

或许，知道了太多隔壁床上人的事也并不是很好。我们发现了我们之间很多的共同点，有些确实能让我们感觉到志同道合，不过有一些也会让我们相互感到反感，如果讨厌自己某一点就也会讨厌对方的这一点吗？或者反过来说，也许我们完全没有共同点，相互的反感会到让我们想要脱离这里，想要突然间穿过围墙，跨过阳台到外面去，什么也不想再听到。

那么希望你现在能够理解，自由和逃亡都需要些什么。在医院或者宾馆的这间房间里，能重新找到平和的快乐。似乎一切都变得陌生，你远离了所有人也远离了你自己。在这间像是专门为你服务的、几何图形一样的、中规中矩的房间中，似乎所有东西都散发着勤恳、实用以及平庸的气息。

在我的身旁，总有些躁动与不安分……贪婪与热忱每天都来看望我，或许你还记得，我不过就是非常普通的扁桃体发炎。而她呢，她完全没有把家放在心上，同样也没有把法院的工作放在心上，虽然我们那时非常穷，而且她并不想打乱正常的家庭生活，也不想错过诉讼工作。我不得不承认，她看起来有些拘束，但很与众不同，甚至还非常漂亮。这位陌生女人只在周四和周日来看望你，然而我并不是很喜欢她。她每次都来得很匆忙，总是在两次开庭的间歇来，她看起来确实有些做作，甚至有点假惺惺的，她说起话来就像是检察官在讲话。这位太太热情又有些优柔的声音倒是很流利，还带有些颤音，听上去就像是在做可悲的判决，这令我印象十分深刻。

或许你不接受我也有能被人理解的能力，毕竟凡事不能只看表面，还要再仔细看看对吧。事情的全部细节以及发展走向，还有你所有的固执的冒险，都是想要得到那些你亲密的人的许可吗？

或许你已经开始耍些小花招晚到学校一些，这样白天能多睡一个小时了。你旷课了一整天，你自由自在，心里满是那种无忧无虑的平和，你就像个王子一样！诱人的床铺，全身都能陷入甜甜的慵懒之中。真是令人难以忘记，当所有人都在清晨的混乱中奔跑时，只有你一人躲藏在真实的孤独与寒冷之中。

始料不及的偏头痛、嗓子痛、痉挛抽搐，感觉膝盖很沉吧？一直到住院前才能用，自从离开了家以后，你自然而然地、越发地害怕又长又黑的走廊，你厌恶这极其死板而又对称的床铺。还有成群结队的人群，拖着身躯推搡着走向食堂或洗衣房，走向放映室或澡堂，走去学校再从学校回来。

方形的楼房就像一圈围墙，中间是另一幢楼房。院子里铺了路面，走廊的窗户有些脏。

在大厅里，有很多杉木桌子，十字交叉的桌腿，这里看起来很像是修士们住的地方。你第一次吃饭就吐了，直接低头吐在了餐盘里。黄瓜、西红柿，不知道是茄子还是李子，反正和煮沸了的稀汤一样，上面还挂着油花儿，总之就是一摊稀泥。

一个漫长的、集体的下午并不难以想象，我们要和其他人一起分享这段时间。在大厅里，在教师的监视下听课。而你却缺席了，你就等着回到自己的床上，那个绝不会搞混淆的床位，而且一次就能找到的床，因为你的床也不过就是个号码而已！936，三个黑色的号码印在铁床头上，印在被单和枕头上，缝在袖子上，刻在餐具上，喷在柜子和衣钩上，椅子背上，印在毛巾的边儿上。感觉就像是上颚上面长了一颗肿瘤，它似乎永远都在。

这个号码就像是用血写在了你的额头上，你看你变成了什么，你就这样跑向了"parloir[1]"……这么多天以来，尤其是在探望的时段里，你一直侧耳聆听着那些熟悉的脚步与声音。无论周围有多少

---

1 法语，会客室。

嘈杂的声音，你都能在很远处就能预感到，你成功地辨别出你所等待的那一个人。你每次都担心她不会来了，但你也确信她一定会出现的，并且可能随时就会出现，她可从来都不会缺席的！

你突然开始哆嗦了起来，你在医院的时候也这样过，这是胜利的标志！你下了一楼层并停了下来，你也不那么着急了，然后便和教师聊起了天，还和院长开起了玩笑。你和医生、护士还有护工们一样，对迟到这种事早就习以为常了。她那无奈的眼神怒视着你，当你迈出上楼的第一步时你就已经快要爆发了，你给她展示了你胳膊上还有便携包上的号码。你向她倾诉你的痛苦，以说服她停下她那滔滔不绝的布道，因为这会让你感到身心俱疲。你会加快向前冲，至少这次你是不会放弃的，你会成功的。

这就是在医院探望的那几天，在我们的病房所发生的事情。经过几次失败后，你已经很轻易地在能在夜里换到另外一张床上了。虽然忍受着疲惫与痛苦，但你的眼神鲜活并且泛着蓝光。你的手下意识地抓到红色而光滑的表面，手指摆弄着纽扣上的线绳并耐心地解开。一个弯弯的圆扣，质地很硬，搓捻起来像是丝线，像是凝固了的血液或是石化了的血管。我知道你心脏过劳，院子中的月光映在你褪色的脸上，你疲惫的脸上满是失眠的困倦，如此细致的画面似乎任何一个摄影师都拍不出来。你像个瞎子一样低下了脑袋，面前是一片红光，是被子发红的表面，然后你解开了被子的另外一头……

星期日的中午人们被分成了两拨，由于你实在是不耐烦，你都已经没有力气再去着急了。电车上无论有多么拥挤，你都会觉得是空着的。挤在众多被一周的忙碌所榨干的、肮脏的人群中，你只能感受到电车的缓慢，正如平日里一样，懒惰而又充满敌意。正如最近你也能够开始接纳你的亲戚了，无论是那些你受不了的叔叔伯伯，还是满脸脓疮的堂兄弟，抑或是满身臭汗的婶婶，总之你都愿意去敞开胸怀面对所有人了。

你应该能感觉到，医生啊，我们这些年正渐渐充斥着恐怖与疲惫。面对他人的热情早已不复存在，就连对自己能力仅存的自信也没有了。面对空洞且无用的义务与严谨时，我们满心厌恶，就像是高傲而虚伪的小讽刺剧一样充满了痛苦，这一切终究都会坍塌吗？你虽然想要，但你却害怕脱离这一切。或许你还想要延期，想要找到一个解放的奇迹，想要找到新的避难的……在那个平静季节的那几天里，那时的你就是个毫无力气的小孩子。

一个满地水坑的星期日，地面潮湿，天气多云。会有那么一段模糊、炎热、困倦的时刻，它似乎吸收了所有动作、声音还有脚步，让你既无法停留在其中也无法前进。天空像是汽化了一般，充满了不透光的白色蒸气。你没有足够的时间抵达那里，突然变绿的山岗，或是荒漠中河水流过的褶皱，都像是被秋天的波浪所冲刷过一样。我是否在最后一刻还能抵达那里呢？时间已经为我们计算过并警告我们无法归程。而这一次你已经没有力气再去听从任何人了，我觉得我们抓住了这星期日的云朵，虽然这星期日在我们还没看到它之前就已经死去了。医生啊，你没必要表现得这么严肃，当你得知了一个男人在一个星期一的早晨抱住了桌子腿，就是餐厅那又粗又弯、又黑又光滑的桌子腿，他活像一个奇怪的、拼了命要保护自己的小动物。

晨曦还未散去，悲伤与沮丧就像是冷气一般充斥了所有的房间。没有人敢高声讲话，就连动作都像棉花一样轻柔，做得很隐密，以免打破了等待与期望。你自己一个人非常专注地在穿衣服，你安静而整洁地出现在了他们的面前。你很顺从地走向了浴室并从容地洗起澡。你没有迟到太久，你尽可能地避免在某种程度上激怒他们。你很顺从地完成了所有步骤，没有任何的反抗与祈求，可能也并没有发生什么不好的事情。你会耐心地等待着每一步并告诉他们你明白了，他们会让你停下来，他们也会停止这卑鄙无耻又毫无意义的游戏。他们不会让你离他们太远的，也不会让你像个傻子或是孤儿一样，远远地待在愚蠢而又令人厌恶的黑暗中度过这些天。他们会给你时间让你看他们，并且爱上他们，最终他们会用尽全部力量向你展示：要是他们有要求你便会很努力，当然你也很聪明，你向他们证明了……

或许，医生啊，至少现在你应该了解这种想要特立独行的意愿，这么多年以来，充满疲惫的记忆中断了这份迟到的快乐。

你没必要去提出那种挑衅的问题，要是这位病人面对妻子的每一次请求时，都紧紧地蜷缩成一团，都抱住他那沉重的桌子腿。要是这位病人每天下午都不穿吊带短裤，要是他不再要皮球、多米诺、踏板车，要是不在厨房的水泥地上摆积木摆到很晚。对于接下来将会发生什么，你会不会建议他要小心一些呢？你应该是明白的，当然我这不是在怀旧，或是在说什么孩童般的纯真。更多是因为这将产生极为认真严肃的结果，这看起来很严重，看起来有些晚熟，并像小孩子一样幼稚。无须怀疑，这将必然是一个危机。当然了，到最后你还是会显得正常一些的。这说明你也不能什么都忍受，哪怕有多少都要默默地忍受着。当然，疾病的警告也反映了平衡的必要性，一个系统想要正常运行，如果该系统只有接受，仅在一种奇怪而虚假中持续，若没有强有力的拒绝与反抗，那么这系统注定是无法正常运行的。

这一点也不奇怪，因此对于你来说这完全是可以接受的。你如此成功地克服了自己的危机，以致你很难想起今天（当然无论如何你也不会把它当回事儿的）早晨（星期一）可怕的场景：最后你也蜷缩着抱紧了桌子腿，直到他们用了极其暴力的手段才将你拉开。

那时，在星期一的早晨他们仍然没有放过你。你抓着桌子腿，眼神中充满了无力的愤怒，这沉重的木桌腿对你来说就像是某位神灵的腿，他们一直到你自己晕倒才把你拉开并放回到床上。然而这不过都是些装病的伎俩：头疼或者肩膀疼、嗓子疼、膝盖疼、胃疼。然而这一次，你是真的昏了过去。

你喘不上来气，就像是溺水了一样。你再一次哆嗦起来，你的胃和双手都在抽搐。你已经演得炉火纯青了！然而他们发现你发烧了，因此你也就不用再花时间去面对他们那些狡猾的、陷阱般的问题。比如问你耳垂疼不疼，或者右脚大拇指的指甲盖疼不疼，或是左眼皮疼不疼之类的（但有一次他们还是成功地揭穿了你……）。

确实，健康与疾病的距离很模糊。你知道，装病的假话中总是混杂着真话，或是极像真话的话，这些话语总能让你或上或下地游走在真正的健康之中，然而这混淆的话语也总是会带来不幸。

病人在你们面前所表现出的情感也并没有那么夸张，红色的眼皮，颤抖的双手与声音，动作显得有些紧张，好似犯了错的不安，病人表现得谦恭顺从，然而又表现得很有胆量。病人所说的一切都令人困惑不解，好像是自己在审问自己，可能他也不相信，当然也不想发现一切都是关于他的。这是难以察觉的夸张吗？不过他很快就意识到所有症状的细节，还有一些被隐藏的、越发夸张的情况都成了现实。就好像当要面对真实情况时，为了将其隐藏起来，然而这恰恰又出自真实的情况之中，你却要超越它、催促它、并且重新建立它。病人已经规划好了并调整好了自己，对于接下来的每一步，都给出一个明显无辜的视角。真是令人难以置信，接下来将要展示全新的现实，展示出再一次的夸张。之后也总是这样，这虚假的紧张与压力很快就会被证实。医生啊，你没必要这样充满怀疑而又麻木地审问你的病人……当你们不注意时，这位"候选人"突然站了起来，他摇摇晃晃地从你们眼前退了出去，他放弃了。其实，这里有的不过是护士们在电话听筒里的笑声，而你们的气氛就像是法院开庭一样无聊！你们倒是很愿意给他提供些建议以让他放心，这也仅仅是第一步，第一个间歇，这才是痊愈的开始。你们并没有发现这位"客户"已经从"诊所"离开了！他沉默不语地蜷缩着，就像一个无助的孩子，就像一片阴影悄无声息地离去了。

星期日还是星期一的早晨，你告诉了家人你脑袋疼得厉害，太阳穴、脖子还有额头，真的是特别疼，时而重时而轻。虽然记忆有些模糊了，但你肯定还记得。当你抱怨的时候，你的膝盖和肩膀都变得又重又累。你很虚弱地喘着气，你感觉你就快要死了。你有样学样地颤抖着腹部和胳膊，你装得很巧妙又毫无破绽……他们带你去了各个化验室，还让你留在诊所观察，怀疑是不是某种风湿疾病，因为这对你的心脏来说很危险。

他们还很严肃地建议你休息（然而你并没有告诉他们，你把那些紫色的胶囊全都扔到床底下了）。而这演戏的成功实则是一个失败，因为他们把你从诊所送到了真正的医院！你所表现出来的这种骗人的痛苦，要知道，万一你要是真有什么毛病的话，你还是会拒绝任何的治疗的！家人对你的漠不关心就需要受些惩罚，最好是能让他们付出最惨痛的代价。

当然了，这段痛苦的回忆你也不太记得了。然而，这是一个有阴影的游戏，无论记忆有多么的模糊，都无法让你再次找到它被时间所抹去的特征，而这一切也都变得陌生，无法再弥补挽回。或许我们每个人都有很好的理由去否定这谎言般的治疗，还有错误的方法。意识会快速而无情地剪掉这张成熟的面孔，罪过的、羞耻的、悲伤的面孔，总之都是令人无法接受的。X光照射了身体里的肿瘤、斑点还有伤口，形成脆弱的无能为力的痛苦，是如此虚弱的细致与虚伪。当然，要是我哪天又回到了医院的病床上，绝不是要强迫你去回忆这段毫无意义的虚幻时光！

医生啊，你们面前的那些人，都在接受着你们卑鄙而无耻的审讯（最终，或许是假装的努力，变得不那么陌生，甚至可以说离得这个病也不远了），这值得你们的宽容谅解与友善对待。那些在诊所和医院前耐心排队的人绝不会被无视的，也绝不会被怀疑或是拒绝的。

一个像你这样成熟而平和的男人，将会满怀真情地看着这张因失眠而有些瞎了的面孔，还有紫红色光亮又光滑的被子。这不谙世事的轻浮会随着年龄的增长而消失吗？你不得不承认你缺失了生存与参与的快乐，然而这正代表了一种提醒与警告。对于拒绝在星期一早上去上学或上班的病人，或许也没有必要再多和他说什么了。

你或许会说，这值得及时做出一些严肃的怪异行为。合适的称呼是如此尴尬，像是某个高中残忍的考验，还是像签署官方文件时的那种厌恶？这么多的先生们竟是如此准时与真实？公民、租客、预备军人、丈夫、公务员、支持者还有行人，似乎每个人的衣服都有着清晰而明确的责任。而这件衣服穿在这位秃头又有风湿病的老小孩身上，明显不合身又太厚重。在他的外表和年纪上似乎有一层水雾，让人看起来好似也没那么无聊。一样的背影，一样的单调，拥有等级而又令人疲劳的智慧，令人头晕眼花，此外，这些东西已经联结混合了多年。

沉重的围墙和大梁令人感到疲劳，就好像时间会堆积起来，会突然冻住阴暗与寒冷让人无法超越。

这诊所出现在灰色的光亮中，出现在潮湿而昏暗的隧道中。一个差劲又肮脏的噩梦，而其中仅存在一些值得努力的逃避。我们再一次成了孤儿，办公室长长的走廊，等待着那位女人温暖的声音，等待着她的脚步以及和她的会面，虽然死亡还没有把你那些亲爱的人都卷走。过路人以消瘦的面容迎接着我们，他们满脸都写着恐惧，他们终将在未来成为一具具骨架。我不想太早地与空无会面，这将熄灭我们……太阳穴与脖颈隐隐作痛，隆起的额头更是反复无常地疼，让我们的动作都变得迟缓了。

同时也显现出了其他的病状，虽然还没有那么明显。沉重的膝盖，因为劳累而弯曲的脊柱，那是骨头日积月累的磨损，犹如溺水般的窒息，包括肩膀在内不时地哆嗦，胃像是中毒了一样的绞痛。直到在梦中你看到你亲爱的人穿着寿衣，而在接下来的一晚你也穿上了。你能切实地感受到这令她倒下的疾病，这疾病是如何通过她的衣服进入了你的皮肤，让你的肺部也中了毒：就像一片阴影、一只黑蜘蛛抓住了你。你跑向了医生，又做了一遍这有问题的X光片……而医生只是建议你少抽些烟。无论这结果是多么确切或是令人欣慰，然而没有人能在未来成功脱身，善意的谎言也恰恰说明了这个病，乃至这些病有如此多的不确定性和复杂性。

一个补偿性的厄运似乎统治着这几天，在不长的一段时间里，焦躁偶尔在疾病与友谊面前做出了让步。某种奇怪的黑暗不知从什么地方集结了警告着巨恶的到来，还有已经准备好与我们会面的不幸。

经历过多年的等待之后，我又可以重新恋爱了，我和那个女人一同走出来一段时间，当然了，你认识她。我的父亲离开了这个国家，离开了那些狂热的日子，还有那些好看的怪人。我确信并且很害怕，这位说要回来的乘客所坐的飞机将会坠毁，就是为了平衡一下当前的状况！害怕命运延迟的反应，会变得比预料到已经发生的事情更加不吉利，而这份不幸至少在一段时间内平衡了承诺休战的天平。

你说的有道理，和其他人的联系或许有些用处。并没有必要打退堂鼓，父母也有资格逼他们的孩子去习惯这诊所，毕竟这是他们在未来严肃而受人尊敬的工作。冷漠与痛苦的拥挤，在河滩淤泥的下面，在生命腐烂的最下层。疲劳有没有可能在多年以后消散所有的主动或反抗呢？这是可以接受的风险，然而无论如何，集体还是得接受它。这是一种活力的重振，对沉积物的清洁，即使这一切并不是那么纯净。否则，这种不满将从诊所的房间转移到医院，这在以前也是发生过的。

每当周四和周日来看望你的女人和你描述，她收到的或是她计划好的，要和朋友或亲戚见面的邀请时，出于愤怒她的嘴唇总是不自觉地颤动起来。她的脸颊血色涨红，她眨动的眼睛中闪烁着愤怒的蓝火。我像是冻住了，而那时她也停下了脚步，在我们的下一楼层与其他人聊天。

我反而饶有兴趣地听着，让她讲给我她所带来的那些新消息，我说的就是匆忙而焦急地爬上我们楼层的那位年轻女人。

白色的房间庇护着我，我不喜欢表现出自己的痛苦。直到不幸回到他们身边，我也并不认为一切都应该停止。我安静地等待着并听着他们的公告，关于那些留在那里的人，关于他们小而自私的喜好。对于出现在他们中间我并不反感，反之我也会和他们一样随波逐流直至失去意识，只剩下一个尚且有用的号码。要是没有了这写在袖子上、写在办公桌或者额头上的号码，我都不知道该如何重新找到自己。我有时候甚至觉得自己被这号码保护着，通过这样一种方式我便不再会被清除。

正因为如此，在拟订好计划之前我长时间地犹豫着。我融化在了疲惫之中，就像是辗转不寐的困倦似乎无穷无尽地持续着，而最终我聚集起了力量。

小孩子还是一如既往的坚强，星期一的早晨，他反抗着那些亲爱的人对他的侵犯，他们想要再把他给扔出去，而他很害怕这一天的寒冷与黑暗。餐厅的桌子是他最后的堡垒：他用尽全力紧紧地抱住这些粗壮的大腿，就好像是抱住某种奇异的神兽，似乎只有这神兽能理解并保护他。这兄弟般的躯体很光滑，是又粗又坚固的木头组成的。家人的请求与恳求、担心、愤怒、厌恶，都仅仅是在胡乱地尝试移开他，而他们也只不过收到了抽泣的、语无伦次的回答。尽管从他磕磕巴巴的话语中重新建立了这样一幅景象（奇怪只是因为描述得特别准确），走廊、办公室、排好的桌子，还有一长队的背影，一直排到另外一个领导那里，还是这样一直排到了看门的岗亭。在这个院子里干活儿的人都乖乖地在早上和中午登记考勤，还有周一和周日，没错，周一的早晨。而在这个时候，这位白头发的小孩子像一只受伤的野兽，紧紧地抱住这巢穴一般的柱子。

这样的暴发未免也太过严重了，医生啊，您说这是过于疲劳（心脏？）的奇怪征兆。病人应该避免接受这种尴尬的审问，无聊的法官们所组成的陪审团，每次也不过只给出了不知从哪里抄来的、冷漠的诊断和疗法。这些穿着白大褂而又准时的先生们来探望的次数变少了，他们感觉这种探望很愚蠢。我更想假装睡着，或者我可能真的睡着了，好让自己能有一晚上的自由。

院子里的阳光，有时是月光，始终让粗糙的墙面像面粉一样油光亮白，和我的床单一样白，和水池里的我那张脸一样白。我的双手也很白，难以动弹，和深红色的夏凉被形成了鲜明的对比。

夜晚和往常一样升了起来，沉默完美地让围墙凉了下来。我能感觉到阳台晨曦的光亮，我打开了房门。在不那么亮的灯泡或是月光下，路面泛着白光。

或许这个早晨我已经躺了太长的时间，我被院子里一个小孩儿刺耳的哭声给吵醒。从阳台飘来了凉风，就像是夏天在山里的一天。这哈哈大笑的声音听起来很放荡：像是一阵碎片的暴雨打在院子里脆弱的路面上。我觉得我能听出外面的人在说什么，可能是在杀一只鸡。这里管事的人的小孩儿显得异常兴奋，他可能是在追赶着已经头身分离却还在跑着的鸡。鲜血像长矛一样向外喷溅在院子里，喷得很远。被杀死的这只鸡，鸡头和身子两部分无意识地跳跃着，让这个胖乎乎的脏小孩儿心中充满了一种野性的快乐。

我颤抖着……我不安地撤了回来，我可能是关上了阳台的门，外面的噪声也停了下来。我可不想用手抓一只活鸡，哪怕是只死的我也不敢。禽类、动物，就算是鱼也不行，我一直都是这个样子。对于阴暗而奇怪的信息，对于神秘的事情，正因为我不了解所以我很是害怕。

我记得我脖颈疼得厉害，我还觉得很热。我在床上待了很久，被子一直蒙到了头。我在很晚的时候听到一声憋着的打嗝声，就好像是在哭一样。我就这样静静地看着，看了很长时间。我等待着被这哭声所淹没,也许是我自己在哭,或者是我想要知道是谁在哭。

当房间再次充满了新的阳光时,我很困难地起来了。我又鼓起勇气看向了镜子,看看那旁边的床。床是空的,是认真收拾过的。隔壁床的人刚离开不久,还没有别的人来,红色的被子上躺着我们的降落伞。我发现我没盖被子,身上还流着汗。我因为太过用力而全身发热,我估计我在睡觉时踢了被子。

一个人更好,而且还是在一个还不错的房间里,我只想重新找到这份平静。等待或许会迎来一切,也或许什么都不会等到。

小偷

  平凡的一天又开始了，这是春意绵绵的一天。周中，没有什么大事发生。所有人都在正常上课，也没有人多想什么。

  地理课后，在院子里他感觉到了风吹在他的肩膀和脖子上。愉悦中又有些烦躁，天确实有些太冷了。或许是因为生病而让他有了这样的感觉，最近他的身体确实变得很虚弱。而这一阵凉爽也令他清醒了一些，他打了个冷战。他退回到了墙边，但还是离那些追逐打闹的同学们很近。

  接下来是植物课，然后又是课间休息。他待在座位上看着墙面还有天花板，不禁想起自己第一次出现在新同学们中间的那一天。他想要弄明白，现在所发生的事情会不会是一个警告，或者可能马上就要决裂了。

  或许是因为生病所导致的虚弱，还是在回想考试时所发生的事情，总之在体育课上他的心思根本就没有放在运动上。他看起来心事重重的，他比其他人更早出来去了更衣室。在教室里，他还发现了其他更坏的迹象。

之后又是课间休息,他的手肘支撑在窗台上,看着那些留在教室里的同学,还有那些在院子里的同学。一些人在吃东西,而另一些人在往黑板上扔粉笔头,还有一些人在课桌上蹦蹦跳跳,或是在木头垛周围乱跑。他紧张地看着并想要知道他们的秘密,然而他并没有成功。一切都十分混乱,到最后,外套、衬衣,还有围巾都在随风飘动,全都吹乱了。

他知道接下来会发生什么,他很羞愧也很尴尬,他想象着说出这些话后的愧疚,这会成为压到所有人的重石块,这会吓到所有人且会让他们全都目瞪口呆,当然了也包括他自己。他想要大喊出来,要假装又激动又愤怒,不然就会把一切都给搞砸了,以后就没有人再会相信他了。当然他也没那么大的本事,这确实有些可笑,他没能力把发生在他自己身上的事情一直做到底。

尽管如此他还是在历史课上站了起来,他宣称有偷窃的事情发生。他说出了细节,当他听到自己所说的话时,连他自己都有点不敢相信,他的话很平和但又很清楚,没有任何的犹豫。

因此……接下来植物课。老师在黑板上写下了题目并开始考试——《玉米》。他可不太懂玉米,分类、性状、各个部分、外皮,他根本就不喜欢植物课,他也只能模糊地记起玉米是什么样子的。他用手指转着钢笔,又擦了擦钢笔尖,相比于他的小手指头这钢笔也显得太大了些。他又低头看向了本子,过了一会儿,他写满了两行,接着又等了很长的时间,又写了另外两行。差不多有半页纸了,差不多说得过去了。

老师讲了新的内容,而这个康复中的病人继续着补考。后面传来的低语声听上去似乎没有什么危险,然而一位壮小伙子的声音却意想不到地喷涌了出来，好像是很急于找到那位受害者。安静像是被摔成了碎片，然后再次安静下来，刚刚的场景就像是撕开了一片破布一样，全班都愣住了。

"他在抄，您看他在抄。"这个班里的二流子喊道。

老师停了下来，俯身看向这位坐在第一排被指控的人。他不得不把植物学的课本从课桌里抽出来，课本是对折打开着的。老师看着这个"罪犯"，然后又看了看课本上中间的图画。他从衣服左侧内兜掏出了红色的粉笔，在学生的本子上画了一个大大的记号，然后把他的书放到了讲台上。

"现在你接着写吧。"

墙面好像泛起了泡沫，天花板也是……他好像又看到了第一次走进这个满是陌生人的班级时的场景。她的父母成功地让他转了班，并相信当他面对坏学生以及能力差的老师时能够克服胆怯。转班令他很害怕，毕竟他完全没有理由相信有这些陌生人就会更好。

然而，他们并没有什么敌意地接纳了他，当然对他也没什么好感，而最近对他更多是小心。这确实是有意义的等待：他攒足了力气准备开始这一切，当他来了几天之后，老师便让他朗读课文。他犹犹豫豫地站了起来，陌生的同学们自然是把坏的一面藏了起来，但他知道他们的狂热在不久之后就会爆发出来，会把他团团围住，正如以前所发生过的一样，老师们、行政的女人们、看大门的、父母，他们所有人都会让他再一次相信，想要反对他们他还是太过于弱小了。

他拿起课本朗读了起来，他听到了身旁的窃窃私语声，紧接着周围的嘀咕声安静了下来，然后是一阵惊诧，声音离他越来越远，听起来很陌生、很有力、很野蛮。然后他坐了下来，他像是凝固了一般，双眼紧盯着课本的那一页。肃静或是别的什么东西统治着一切，惊诧与激动似乎难以从中逃脱。又过了一会儿，他抬眼看向讲台，老师笑了，她苍白的脸上露出了微笑，面容也变得温和了许多。

"你读得非常好，我都不知道你还会发小舌音。"

小舌音，是这么说吗？练习时要用勺子抵在舌头的下面，此前确实让他常常很痛苦。而最终他也没有想到自己竟然成功了，以前他常常是避免发这个音，或者是直接就把这个发音给吞掉了，和别的发音一起蒙混过去。

他们都从远处继续看着他，他们还有些拘束，还没有准备好去接近他，而此时他也像是重获新生了一般，准备向前看，毕竟他们对他也并没有敌意。他多多少少也有所收敛，至少看起来像是个好同志，很平和的一个人。这一切都进展顺利，但后来他病倒了，缺了很长时间的课。他得完成所有拖延的考试，老师们早就习惯了他排名靠前的学习成绩，或许是因为生病的原因老师这次对他也很宽容。

考完试课间休息时，他看着眼前的白墙和天花板，又想起了来到新同学中之后的变化。而现在，又一次回到了他们中间，又是一个新的开始。

体育课后，情况又变成另外一种困难，没有任何一个细节是没有用的。在上课的时候，那个告发他作弊的人在所有的器械和比赛上都表现得很好，他是个爆发力很好的壮小伙子，似乎浑身都闪闪发光，他虽有些顽劣却满身活力。正是这种充满恶意又争强好胜的倔强，鼓舞了这个留过级的人内心的狂热。班里的人都感觉到了，然而也没人多说什么。而恰好现在，他所做的一切体操动作都比平时差得多而且乱得多。还没到下课他就很羞愧地离开了体育馆,偷偷地潜入了更衣室,再从那儿回到班里,然后就发现自己的钢笔丢了。

这是他坚持借了好几次才借到的钢笔。

"他会把它弄丢的,就他那个脑子,我太了解他了。"

妈妈压低了声音请求着,那位一家之主也是很艰难地才同意了这个任性的小孩子。他现在毕竟还是个没痊愈的病人,就满足他这个愿望吧!确实,男人无奈地耸了耸肩,放弃了自己的坚持。

平凡而虚伪的一天又开始了,以前在响过第一次铃声后会检查每个人的动作,而现在已经不再这么做了。他看着讲台上棕色的讲桌,他与其他人隔绝开来,他看不见了他们,眼里只有棕色而柔软的桌子,波动起伏的桌子就像是一坨废糖蜜。紧接着便是搜查,而这时听到了从班级后面传来的愤怒声音。

"所有人,所有人都得检查。"

他这是在说谁呢?这吵闹声就像一种挑衅,就像是早已预谋好了一样,他们是在向他挑衅吗?万一是他没有检查好本子,或是落在了大衣或上衣的口袋里,书包的某个角落呢?他或许确实是弄丢了,可是谁知道呢,也没准儿钢笔就还在他自己身上。害怕与羞愧来得太快了,不过往往就是这样的。他也不能完全确定自己是否检查得足够细致,他从更衣室回来以后,他把所有地方都翻找了好几遍,在他说出这件事前又找了一遍,然而又有谁知道他是怎么弄丢的呢。他没有了力气,他们也发现了他坚信自己的钢笔确实丢了。他们会在他的身上找到的,没准儿就是他一时头脑短路忘在了哪里,或者是没发觉在哪儿,也有可能是偷的人因为害怕又悄悄给放了回去。

他们会警告这个还没有被发现的小偷尽快承认的！当然他们也承诺会原谅他。他们会一次又一次地重复着，并用搜身威胁，要让所有人都在班里留到晚上，一直留到第二天。他们还建议归还钢笔的办法，让班主任先出去，然后所有人都闭上眼睛，然后偷东西的人把钢笔放在讲台上。这将会持续好几个小时，痛苦也会随之而来。饥饿、疲惫都会变得更为严重与强烈，会被充满怨恨的、毁灭的、野蛮的疯狂所包围。他会更为饥饿并筋疲力尽，他会很愿意放弃，恨不得马上承认所有并结束这一切。

当然了，钢笔会在他自己那里找到的，在某个本子或是口袋的角落里，谁知道他是怎么落在那儿了呢。或者是偷钢笔的人悄悄给放了回去，毫无疑问这种浑蛋肯定能把这种无耻的行径安排得很妥当。

他也不是十分确定，伴随而来的是驱逐感与负罪感，他完全不确定是不是丢了钢笔。如果可以的话，他可能会撤回这控诉。他也可能会走开，并从他们中间消失一段时间。毋庸置疑，这是糟心的一天，已然没有任何一条路能让他回到他们中间了。成功的安分与喜悦，短暂的欺骗，他或许要付出十倍以上的代价。

他没有力气再去控制自己，这一切都不过是一场狡猾而残酷的游戏罢了。

或许钢笔也不会再找到了，小偷可能早早就藏好了。这一天的结束像是暴风雨一样，班里面像是着了大火，充斥着愤怒与叫喊。他们被他一人的虚伪欺骗了很久，而他们却依旧很单纯地接受着他所起的头儿。最终，会发现真相并做出处罚。钢笔也会被找到的，但这个小偷会不会正是这个受害者呢？这一天无论有多糟，他都想要相信它有着模糊的标志，宣告晚些时候还会有什么惊喜，然而这是为了平衡一切。

寻找并找到耐心去等待,在恐怖之后还会发生什么,天资将会是一种回馈,又或许是一种兴奋,就如同那位小偷说他考试作弊时的那种兴奋,他自然也会用手指着他,然后说他偷了钢笔。

这或许会有不同寻常的回馈,比如其他人在这种情况下所感受到的喜悦,他也没有必要害怕并躲藏起来。

小偷,这个卑鄙之人,直到最后还留在这里,或许他还想要找机会求得一个圆满的结局。

他看着讲台,同时被他人孤立并保护着。一场冲突无可避免,若被发现了,他将受到惩罚。偷东西的人表达了合理的说辞,还有承担后果的勇气。

铃声响了,他笑了。这声音持续了很长时间,震耳欲聋。他们宣布搜查,大家都安静了下来。他的两鬓一阵湿润,双手颤抖。他脸颊因羞愧而烧得通红,他慢慢地抬起了那双大眼睛,眼神中满是羞愧、死寂……

事故

直到医生到来的时候，疼痛还被掩饰着。躺在皮沙发上，一动都不敢动，以免打搅到别人。不断眨着的双眼看着白漆面的门，鼓包的墙面就像是隆起的床单。

然后护士进来了，他闭上了眼睛，他被那红珠子的游戏给搞晕了。一阵持续的漠然，房间里变得冰冷，到处是白色。这白色吞噬了沙发、桌子、手术刀、镊子。水龙头关上了，鞋跟也不再敲击地砖的马赛克了。只剩下血色的珠子还有黑色的电话，宛如一个木然的动物，在它的上面有着一股浓郁而沉重的悄无声息。

晚些时候，他听到了不知是谁的哭声。门好像被打开了，医生进来了那么一下，走廊里的吵闹声也随之进来了。他耷拉着眼皮，只隐约看见门又合上了，灰白的墙面上徒有一个油亮的长方形。不多时，他感觉到白大褂在自己的上方晃动，他仰起头看到了天花板，天花板的四个边像是收紧了，波动起伏像是起了褶子，手术刀深深地插入并扎到了骨头上。突然间，尖叫声撕碎了波动的墙面，就像是绸布一样被撕扯成了好几十条。刀下得很利索，这感觉似曾相识……鸡的脑袋和身体翻来覆去地挣扎，尸首分离得越来越远，鲜血喷得老高……很长时间都只能听到那个陌生小孩儿野蛮的笑声，就是那个在砍掉脑袋的鸡旁边蹦蹦跳跳的小孩。

他没能看清楚医生，和前几次包扎的时候也一样，或许是因为太过紧张，他连魂儿都给丢了。后来，他也不明白为什么在完成治疗之后，医生留他谈话的时间会如此之长，而医生在喧闹的等待队伍前却显得十分冷漠而麻木。而事实上，医生没有自己的孩子也并不能成为充足的理由，这丝毫无法令他信服。当然他也并不好奇于父母对医生的奉承，并且焦急地想确认自己的后代一定要被治疗得非常好才行。"难道我的腿会瘸？或许是这个原因才让他表现得如此友善？"

这倒也不是不可能，石头扎进膝盖很深，被撞这一下来得太过突然……在醉醺醺的婚礼宾客的喊叫声中，马车已经向左边倾斜得太多了。无法控制住的马匹闪电般地冲进了黑暗之中，脱了手的缰绳飞了起来，能看到紫色和乳白色的天空中划过一条黑色的带子。马车很快便倒向了左边，那些老太婆把小男孩冲压到了马车的边缘。当时只能听见叫得山响的嘎嘎声，一个压着一个，一直把最下面的那个人压得喘不过气来，直到她们一边抖擞一边清理着自己的羽毛时才消停些。她们看到自己并没有受什么伤，然而她们这才想起他来，一个个满脸惊恐，连忙把他弄出来，这下所有人都傻了，人都快不行了。空气像是凝固了一样，所有人都愣住了，全都沉默了。只听得见马蹄子啃路面的声音，脱了缰的马儿高声地嘶叫着，打碎了马路上的困倦以及晨曦中模糊的疲惫……就这样带来了新的一天。

"你看，他不想跟我们走，还是让他留在家里更好。"他也的确想待在家里，他可不想在春假一开始的时候就来到这个陌生的小城市，虽然其他人都很花哨地叫它"摩尔多瓦[1]的锡纳亚[2]"。他本来就不想来参加什么婚礼，更何况还是在国外！不过新娘毕竟是他最喜爱的堂姐，他还是要来的。若是参加那个更小的、新娘的妹妹的婚礼，他就更不想来了。那个半大姑娘比他要小两岁，她总是自带一股女主角的气质……

"不应该带他上马车的，车上已经太多人了。"吵闹的人们让他清醒了过来。他看到他们是如何让马车夫松手的，他们自己抓着缰绳，他们全都喝了酒，可偏偏这群马又都很烈。那个夜晚唯一的事情也被无聊、吵闹与汗水改变了样子。他被那些肥硕的胖子挤到了边缘，而那些人又是一阵喧闹一阵安静，与此同时，正是他们的反复无常结束了这一天迷迷糊糊的凯旋，记录下这疾风迅雷般进入的、全新的一天。

他只在床上待了一天，然后就被送去包扎了，他的两只胳膊都得有人架着。由于这次事故，父母推迟了回家的时间。最近他们也只是陪着他，不过很快只搀扶他一只胳膊就可以了，而他的另一只胳膊则架着拐杖。下午的时候，正如医生所建议的，重复着做一些体操康复动作并下地走一走。他和医生的关系在一开始的时候就很友好，而之后变得越来越紧密。医生是一个稍有些矮胖的男人，带眼镜，有着听起来令人舒服的嗓音，两鬓有些斑白却非常优雅。

他们的对话总是保持着同样的腔调，直接而严肃。医生从来都

---

[1] 罗马尼亚邻国，摩尔多瓦人与罗马尼亚人同宗同文。
[2] 罗马尼亚最著名的疗养和旅游胜地。

不会大惊小怪，或是傻里傻气地大笑或闲聊，自然医生也赢得了他的信任。但如果他真的把他当作朋友的话，他会通过坦诚而负责任的回答来证明的，然而他还是没有勇气去向他提问。他等着不用人陪就能自己去医院的那一天，他希望医生的心情也很好，对于要向他说的话他没有做任何准备。自然，在医生面前的也不只是一个普通的病人，一个像大人一样被严肃对待的病人。至于如何开场，他或许想先聊一聊关于电影或书的话题。相信医生会理解并且会多说一些，这是他应该做的，他应该表现出立刻就明白并接受这种奇怪的情况。

机会还没有显露出来，他已经好几天都不用人陪着来医院了，他现在也已经决定了要在星期六的下午离开。他在周三周四的时候就已经在做准备了，但似乎总有些什么打搅到他，比如妹妹就老是在他的身边转来转去。他们似乎预感到了什么，因为父母一直在重复着确诊以前所拍的X光片。他们确保他很快就能痊愈，一周以内就可以扔掉拐杖了。

周五的时候他很愚蠢地错失了机会，尤其是医生还延长了谈话的时间，要比平时久得多。还问了他会不会写回信，是否能收到他此前所提到过的那些书。他没有找到合适的时机，他不知道该如何突然开口，以打破这长久的等待。

医生用责备的话语给了他反馈。"我的心情很烦，就是因为你老是第一个，真是奇怪呢！"医生如是说到，然而他的脸却红了起来，像是被打了一耳光。"我可真是受不了这些人。"医生补充道，就好像他没有发现他是如此安静。

星期六的早晨他醒得很早，有些心神不安，他动身去了医院，比规定的时间早了很多。他慢慢地走着，以便有时间去整理下思绪。这是待在这个干净而陌生的小山城的最后一天。

医生会知道的，最近，恰好在这个讨人厌的春假之前，事实上情况变得更加令人厌恶，这个"罪犯"也确实不值得同情。他之所以突出不仅仅是因为他那些表现好的方面，而对于他不好的方面，却也被摆在了突出的位置！比如学习啦、活动啦，或者无论是什么吧……比如一个五音不全的人，怎么能当得了合唱团的指挥呢？当所有人都知道他完全不适合时，为什么他能当排球队的队长呢？或者一个很快就体力不支的人，却能带队出游。这是因为，因为……是的，然而事实正是如此，毕竟他只有这样才会感觉到安全。

所有人都在谈论的过去，似乎有什么将要消失的东西紧随其后，将会追赶上它并在任何时候都有可能重新将它吞噬。在那里，一切都显现得如此坚固和持久。怨恨、威胁、恐惧、惩罚、饥饿，这一切都包含着什么强有力的、永恒的事物。

变化令他害怕，因此他要保持低调，以免被那些人所发现，他们过早地享用了眼前脆弱的意外惊喜，而这份意外惊喜似乎也马上就要灰飞烟灭了。在一段时间之后，他才敢于慢慢站起来并浮出表面，去亲自看一看并有所尝试。医生会明白他为什么既贪婪又犹豫地走进这场比赛，是想要被认可，或是想要获得他存在的证明。而他却过于快速地成功，似乎没有做出什么努力，过去教会了他一切都要做得完美，只有这样才能有一线机会。只有这样你才有能力去完成所有的惩罚，最终才有能力逃离……这就是规则，只有把事情坚持到底的人才能留下。如果什么事情都能轻易获得，而且还是靠不公正所获得的，那么那些真正靠能力所获得的东西，也同样会轻易失去的。

将会有所证明这是不复存在的，或许这会悄悄潜入他的内心，就是一位必须要将其分离开来的来客，要将其抛在脑后，扔进角落直至其毁灭吗？也正如他在他们中间就好像一位陌生人，总是被盯着，被恫吓着……

他没有力气对成功进行辩解，他太弱了，知道无法在如此漫长的比赛中坚持下来。他很疲惫并落在了后面，他将迷失自我并丢失一切。然而，成功可以确保更长时间的安静或是某种稳定。就好像是现实如果有了更多的交织，那么自然它也更容易被保存下来。

他不应该对医生有所隐瞒，虽然他需要这些证明同时却对其充满了怀疑。他就好像总是在等待着一匹织布上的某处能破个洞，总希望这就是毁灭的开始。他的腿就算是瘸了也没什么可怕的，相反这才是更为真实的……如果当前能确保成为某种实实在在的，如果能够被人相信并持续下去，这自然是一个合适的代价。

"这不过也只能证明……"这个瘸子差不多低声道，同时他慢慢地爬着楼梯，手中的拐杖突然被一位老人的公文包给撞掉了。

"您都不看路……啊，不好意思年轻人，我没看到你还拄着拐杖……"

这位胖乎乎的老人捡起了滚落的拐杖，回身递给了这位站不稳的年轻人，然后又扶着他上了台阶。

他坐在门诊走廊的长椅上，一个病人都没有。他等待着，直到过了一段时间护士来了看到了他。这一天格外热，就像是夏天已经来了，即便是在大楼内部也能感受到炎热。

"医生今天不来，如果你愿意的话，我可以给你换绷带，当然也不是非得要换。"

他很长时间地看着她，没有说话。

"我昨天走的时候，他跟我说今天不来了，会有人替他。当然了，要是你想换绷带的话，我可以……总之医生先生不来了。"她重复着，直直地看着他的眼睛。

这位护士走进了诊室，而他独自留在长椅上等待着。过了好一会儿又来了几个人。

然后他站了起来，小心翼翼地将门打开了四分之一。走廊里的嘈杂声的音量降低了一些，没过一会儿就控制不住传进了屋中。门又关上了，灰白色的墙上是一个白色而油亮的长方形。然而低头读着桌上一摞材料的是另外一位医生，很年轻，留着黑色长发，额头下是长成一字的浓眉。一支绿色的钢笔夹在白大褂的口袋里，在最里面房间的护士正在写着什么，并没有察觉到他。

他坐在沙发上，看着自己的胳膊，发黄的皮肤，骨头都从皮肤下凸了起来，看起来又长又锋利，在水池上的镜子中他看到了自己的黑眼圈。

因此，有那么一些矛盾不应该再被推迟。在周四、周五的时候还是有机会得到答复的，至少有机会保持现状并能够获得对他的信任。现在坐在诊所里的是一位陌生人，已经没有机会再见到他了。

或许这样更好，检查会耗尽他所有的力气。他知道，只需要有那么一处不一致就足以证明……会产生更多额外的问题，无意义的空洞变大，检查者的兴趣也会随之增加，不一致的观点也会飞快增长。其中的联系被削弱了，没想到这一切都变得复杂，就好像是打靶一样，现在打得更准了。疲惫消散了力气，像一个布满孔洞的靶子，摇摇晃晃地似乎随时都会断裂。然而现在他觉得自己越来越靠后，很难再重新回来了。

透过窗户他看着外面白色的天空，空中有飞鸟划过，飞快地挥动着翅膀，长距离地盘旋，似乎它只想要飞翔。安静的景色，你重新找到自己细小的地方，高兴得像个小昆虫一样，对时间无比渴望。

一阵惊吓，救护车的警笛将窗户都要震碎了。年轻的医生没有起身，他继续写着什么。即便是听到了院子中的发动机发出了阵阵噪声，他也依然没有起身。

一阵安静，他搓揉着双手。一只手指始终搓揉着衬衣中间的那粒纽扣，他摸了一次，一次又一次，而他的另一只手摸着自己的络腮胡。

在遮掩着的、激动的内心中，他已经准备好了解释足以让他们相信他，并将真相从他们那里拔出来。他没有丝毫夸张地说着，仅仅是提起了那剧烈的时刻。似乎一个接着一个都变成了圆圈，上面又放了一个又一个，慌张的圆圈，一个叠着一个，堆成了一座塔，而在这周围则感觉到了死亡的压力。

他会愿意被打搅、被怀疑，并且强迫他们去听他的，让他们放弃。你好好想想，往往小的东西会弄乱或解决当前的情况。裁决全靠这一刻，在这个星期日，比如相信细节会改变一切。然而他就要忘了那位医生早早地抛弃了他。要是他面前的这位陌生人会问他些什么，他会立刻回答的，就好像早有准备：简明扼要并出人意料，就像是突然被拔了出来并被扔得远远的。他的嘴唇微动，像是如鲠在喉，他很艰难地站了起来，很快，是一声绝望的嘟囔。

听到救护车在院子中打开了门，他又打了个寒战，他笑了，他已经没那么紧张了。似乎一切都关上了，远离他而去。过往就像是在沉重的齿轮之中，再一次地接纳了他，齿轮的小锯齿很是锋利，很轻易便能听得到它缓慢而坚韧的轰隆声。他早已习惯了如此沉重而确切的压力，他重新找回粉刷干净房间的安静……这里只剩下一个男孩苍白的脸庞,和此前一样,他在分诊大厅排队等待着。

所有人都要被检查身体,无论是小孩还是老人。幸存下来的人会很少,他们会耗尽最后一丝力气。确实需要悉心照料,才能让他们重新回到曾经被强迫带走的地方,而那里已经没有人再等他们回来了。他们得慢慢恢复,一步一个脚印才能回到现实之中。然而,那些浑蛋将所有救他们的尝试都变得复杂,他们尽可能想让他们显得很健康。然而,他们没有信心,直到现在,他们用尽了所有的伎俩,就希望成功避免那些毫无意义的死亡。

总之,门将会再打开一点,仅能容纳他窄窄的身躯进入,和此前一样,等待大厅的吵闹声瞬间安静了下来,似乎一切都恢复了秩序。他一语不发地往前又上了一步,他僵直地站在门前并将手放在门把手上,就好像他早已习惯了这动作似的。他没看到沙发,没有看到洗手池、器械、电话,更没有在意护士的种种动作,护士用手撑开他的眼睛,翻起他的眼皮,而后检查了他的耳朵、膝盖,估量着,敲击着,检查着他的反应和条件反射。他很紧张,却又心不在焉,他只注意到了自己内心的节奏,他祷告着,一句简单的话语占据着他,以保护他自己同他人隔绝开来。

他们会脱掉他的衣服,给他量身高体重,护士会用手摸摸他苍白的额头,或许那时他会打哆嗦。很令人害羞,可能就在某时某刻,当一切都变得鲜活而真实,并且值得被保留下来。当他还是个小孩子的时候,在星期六的晚上去拜访那个之后将成为他亲戚的小姑娘……焦躁的心情,准备尝试那些大人的秘密,即将上演完美的爱情行为……他注意着他们的话语与低语,这个"罪犯"似乎也发现了其中的游戏。

回忆随着时间的变化而有所改变,他给自己买了一个袋子,一列伊[1]的便宜糖果，袋子很脏。他到了那个陌生的家中，很快便和空气中弥漫的气氛融为一体，他没多想便伸手将糖果给了那个最小的姑娘，他不过是想舒缓一下周围氛围的压力。而小女孩以为所有糖果都是给她的，她接下了袋子并长时间而奇怪地握着他的手。温热而潮湿的手，就像是摸他额头的那只手……这就像是另一个世界所发生的事情，而它不属于任何人。

护士正跟军官说着话，或许没有察觉到自己的手还放在男孩的额头上。他感觉要晕了过去……这又软又甜的手掌。

这可怕的袋子还有便宜的糖果是他自己买给自己的，其实他不过只想给她一颗而已。他无礼地打破了这场"表演"，那位年轻的叔叔是如此充满希望地教导他。他就像是被打了一下：坏孩子，没教养，他担心要去角落里罚站，遭人嫌弃。

回想起这鲜活的瞬间，当时的情感就像是针一样，他感到脊梁被扎了一下，耳根发热并伴随着一阵洪流的声响。他又靠近了小姑娘并拽了一下她的裙子，看了她一眼，颇有些命令意味地说道："只拿一个。"

护士继续面向着这位军人，忘记了手还在男孩的额头上放着……很久之前故事所发生的仙境，不合时宜的、陌生的、他人的羞愧将会侵入……女人会突然觉得在手掌下面是温热而潮湿的皮肤。她会转向他，发现他那苍白而消瘦的脸庞，淌着汗水，因为发烧额头突然阵阵发热。自然他们会发现他的：最终他还是病了。他无法再逃避他们，他们会将他推到墙角。凡事都是由小的事情所导致的，正如平时一样……回忆也将不再属于他。

---

[1] 罗马尼亚和摩尔多瓦的官方货币。

恰好救护车驶出了大门，伴随着院子中人们的叫喊声。那位桌上的陌生人最终也抬起了眼神，就好像他感觉到了什么。他看着他，他们的眼神交汇，这位陌生人就要从椅子上起来并走向他，然而这时护士进来了。

女人冲他微笑，就像是见到了某位旧相识，她抬起胳膊向医生做了个手势，意思是不用打扰他了，她自己能解决。她坐到了他的旁边，坐在了沙发的一角，靠近桌子。她摸着他包扎了的膝盖，抬起他的腿放在了自己的腿上。她低头拆开了绷带，又给包上了，似乎一切都很正常，还不需要换绷带。这一天就要结束了，似乎不用再去问任何人了，也不必再和他们说他自己决定的、必要的回答，而他们的确认也似乎毫不重要了。女人继续看着他，她也不知道究竟在看着他脸上的什么，她摸了他的脸庞、脖子、额头、胳膊，她弯腰向他靠得更近些，突然桌子上那"黑色的动物"蹦了起来。

女人被吓得抽搐了一下，她用右手拿起了电话，左手却还抱着他的胳膊。然而很快她的面容就明亮了起来，可能是这对话令她心满意足。

她应该是收到了什么好消息，她笑了起来，嘴中还咕咕哝哝地嘟囔着，她显得越发高兴，嘴唇都要贴到听筒上了。

她哇啦哇啦地大笑着，白白胖胖的脖子抖动着，似乎马上就要断了，喷泻出一串串的酸樱桃，溅到了墙上，溅到了白色天花板上，就好像是鸡脖子的红色边缘……农夫白色的房子上是白色的天空，也恰好在这里他和其他的幸存者一同过夜。

正如从前一样，走过了漫漫归途，他还会再来的。那是一个清澈的早晨，在陌生城市的另一头，静谧将群山、房屋、森林都变得稀薄。他看到了牲口棚的大门敞开着，农夫在里面堆放着农具、马车、猪、狗、吊灯，还有鸡。他可从来都不直接用手抓鸡，也躲狗，他害怕鸡，当然他也不爱看花。

他所能继续享有的这一切是不自然的，是暂时的……然而当时确实是一个真实的时刻：心中的不安像是撤退了，身边只有凉爽的空气，他深深吸了一口，清澈的泉水快乐地流动着……突然在背后爆发了小孩子疯一般的大笑声。

他被吓了一跳，再次扭头看向牲口棚的大门，女人的手中拎着一把满是铁锈的斧子，而上面还淌着鲜血。农户人家的小孩无比惊喜，犹如喝醉般的欢畅，和被砍死的鸡一起跳来跳去。这只鸡的尸首分离得越来越远，头和身子喷溅出的鲜血在地上画了一个又一个的圆圈。

他蹦来蹦去，这个黄头发又满身肮脏的小男孩，在砍掉脑袋的鸡的周围兴奋地大笑着。他的笑声似乎要砍断了群山，就像是反复无常的闪电，充满活力又残忍至极，小男孩又卷又黄的脑袋投映在了湿润的天空之上。

夏天的一个纤细的清晨，被凯旋和愉悦的叫喊声所吓到——一串珠子断掉了，这酸樱桃飞得到处都是，女人手里拿着听筒，整个人都笑得发抖，爽朗的笑声击打着墙面，似乎一切都会被卷走，就好像从来都没有存在过。

他撑着拐杖站了起来，匆忙地系上了衬衣领口的最后一颗纽扣，似乎在这炎热的天气中突然感觉到了寒冷。女人的颤抖与挣扎吓了他一跳，她那鲜活而饱满的动作吓到了他，就好像这是不真实的。这令他身心疲惫，就像是被阳光灼瞎了双眼，他把全身的力气都压在了拐杖上。他要尽可能延长伤残的时间，尽可能发挥出拐杖最大的作用。他通过这种方式，为了成为被关注、被保护的焦点。

他人的好奇与关心让他感受到了自己的存在，然而当前对他自己来说这仍然是真实的，难以忍受的。

他把全身的力气都压在了拐杖上，他很清楚最近他们都不再需要他了，然而他们却会利用他，或许是为了引起某种兴趣。庄严而惨白，他的步子向左手拐杖的一侧摇晃。他与他人保持着距离，他瞄着其他人的反应，迫不及待地想要确认他被看到了，至少在当前被他人所庇护着。

他向门口迈出了第一步，他不再需要像今天早晨这样的冒险了。他又渡过了一次挑战，他显得生气勃勃。他悄悄地离开了，不慌不忙，这个"违法者"观察着，准备好去吸引他人的注意。胜利往往会因为一件小事而崩塌，你都想象不到。这需要冷静，从桌子到门口还有几步要走，女人还在那里抖动着，她的头在一边抽搐，而她的身子则在另一边抽搐，它们已经被砍断了，鲜血喷溅到墙上。

对于所走过的每一步来说，最后的一步都会变得陌生，稀松平常，它不会再属于任何人。

夏天的第一天，炎热令墙面都变白了。他伸手开门，手指感受到了门把手的冰冷与坚硬。

匆忙却很小心，以免破坏到白色的地板。他蜷缩起来，突然像是被推出了很远……滑行在这脆弱的表面。

沃沃

我等待着，谁都没有来，我在书架旁翻阅浏览着有关"蓝色衬衣"的书籍。我并没有很好地理解沃沃所提及的那几页，她说这几页写得是如此令人感动，感动到都想要拿它们去擦窗户。

当她进来时，我有些羞怯地站了起来。

她穿了一件针织的裙子，胸口别着一朵白色皮质的小花，和她扭动着的、简单的身形很搭配，她平静的呼吸始终令我感到备受滋养。

"沃沃想请你原谅她，你得忍受一会儿我这个老女人的陪伴了，除非你敢说你更想自己一个人等到她来。"

"我不敢。"

我脸红了，我感觉我的回答可能有些尴尬。我显得有些不好意思，或许是由于我脸上的惊讶，毕竟我没过脑子地接了她的话茬。

我还坐在原处，她拉了一把椅子并坐在了我的面前，仅做了一个简单的手势就让周围都安静了下来。

我抽着烟，有人给我们上了咖啡。安静的夜晚，我们聊得很少，不过都是些小事而已。沃沃怎么能来请求我原谅她呢，这个我还是很清楚的，所以她才觉得应该代替沃沃来道个歉。

"我真是应该早点换掉家具，可是她反对我这么做，现在正如你所见。"

更少的家具意味着更多的空间、更清新的空气。沃沃应该留着那三本我送给她的书，她说她有义务每天都看到它们，就像是看到莫蒂里安尼[1]的画集。

"我跟她说了要留着丁字尺，要每天都要能看到它，但她说除非把它涂成红色的她才能保证。"

她笑了笑，但她并不会轻易吐露自己的想法。我应该更专注于其他的想法，而不仅限于我们所习惯的对话。在她身上总是有一种潜在的惊喜，我等了很久，等待着开始另外一段对话。

"我每天都做手术，迷茫的时刻反而能让我充满力量。"

我想要知道更多，医学院的学生，在布鲁塞尔，共产主义倾向。非法、结婚、逮捕、遣送回国、审判。丈夫被判了8年，她5年。他们被关在敦布勒韦尼[2]，在那里他们生下了沃沃，之后她在祖父母那里长大。

在被捕以及诉讼期间，她由于怀孕被保释了出来。诉讼前的一个星期，他们允许她的丈夫来探望她一天，以免她心理出现些什么问题。

我看着她，她没有避开我的眼神。

---

[1] 阿美迪欧·莫蒂里安尼，意大利天才画家与雕塑家。
[2] Dumbrăveni，罗马尼亚中部城市。

"这的确需要不断地适应,年轻人有……当然您也还年轻,也就是您也有这个阶段的生活,比如圣像破坏运动[1]的那种暴行,然而我们也有过。此外,这自然是不一样的……我也不知道破灭的理想,还有虚假的贫苦之后会变成什么。"

她望向了窗外,而我继续盯着她。

"对于我而言,很幸运的是这个'年轻人'就是沃沃。正如你所知,她一直都在附近,她就像一束光……我们是从同样的残暴与刺鼻的噩梦中走出来的。"

就在刚刚她把我带入了年轻人的行列,这个"我们"可不是说沃沃和她年龄相同。

我的这位女性朋友顶着一头飘逸的秀发在房间里踱来踱去,她就像一束光照进了混乱的颜色之中,这颜色被分离开来,像是一个游戏,形成了海边一个个混凝土和玻璃的小方盒,周围也很是怪诞。大约在午夜的时候,她发话了:"现在我来给你介绍一位真正的女人,我的母亲。"她显得严肃而有些迫不及待。"现在我们就去海边,她正在值夜班。"没错,在这样一群吵闹不堪、古怪的行为举止之中,沃沃就像一束光。

我面前的女人陷入了沉思,她捋了捋头发,转换了自己的语气。

"沃沃肯定会晚到的,她要完成'速写中的速写'。这算一种考试吧,要持续8个小时,或许你比我更了解。"

"我确实知道,但我也没有想到这'速写中的速写'会持续这么久,远比8个小时要长得多,或许沃沃之后要去喝杯咖啡,再然

---

[1] 8~9世纪在拜占庭帝国发生的破坏基督教会供奉圣像、圣物的运动,其实质是反对正统教会统治势力和教会修道院占有土地的政治斗争。

后……"

"或许她要去咖啡店喝杯咖啡……你知道他们是怎么叫那个咖啡店吗？'卫星'，他们叫它卫星，叫它建筑中的懒人。他们在咖啡店附近转了一会儿，要不要给你带点水？"

沃沃很少提起自己的母亲，我只知道她在高中的时候感到很孤独。那时候她住校，她那位上了年纪的母亲仍会断断续续地在医学院学习。他们曾有过很痛苦的经历，然而沃沃并不理解当然她也不想去理解。我更多是从她的朋友马娅那里得知的。她疯狂爱慕着她的丈夫，在见面的那一天她的话很少，而他们都惊讶于时间过得太快而他们都想维持这份快乐。那时候欧金写了犁歌[1]中的三节，或许他早就写好了，但直到那时他才给了沃沃。而后，这便是他们在所有监狱中所唱起的歌谣。欧金，她们母女俩一个既不管他叫丈夫，另一个也不管他叫爸爸。就叫他欧金，她们很少提起他。他是一个大家都避免提起的话题，也许更像一种禁忌。

"你怎么样？我给你带了水。"

"啊，谢谢。我就随便看看书架。"

"我们撤了它，我们把它搬走。我们也革命一下，我跟你说过了。最好还是把它弄走……你显得很累。"

"不不，你想象一下。"

"沃沃的日程非常忙碌，然而她还是会留出时间来娱乐一下。很抱歉你还得等她，如果你给她打个电话……你以前好多次都是这么做的，但最后还不是和我待在一起。"

"没事儿的。"

---

[1] 罗马尼亚传统民间歌曲。

毕竟除了这句应付的话,我也不知道该说些什么。

"免得你和我待在一起这么无聊,我给你准备点什么吧。"

"不不,不用了。"

她或许已经走了,沃沃在那家她不怎么喜欢的咖啡店里,在热气腾腾的咖啡上方,摇了摇她那又长又有活力的秀发。欧金曾从多夫塔纳[1]逃了出来,他领导过一支游击队,他死后还被追授了军功章。而沃沃的母亲则在战后成为一名公务员,接下来便是无尽的指控、诉讼,还有牢狱之灾,关于这段经历她闭口不提,不过最终她还是成了一名医生。

由于电话铃声响起,金属盘子上的杯子震颤了起来。我没有接,毕竟即便接起来也会是很短的对话,她无非就会说:"我马上就来了。"而在电话线的这一头,沃沃也知道我并不会待太久的……

电话铃很顽强地继续响着,我必须得接起来了。然而这并不是沃沃,我有必要先平复一下心情。

"女士,民俗文化院的人找您。"

她毫不意外地接过了电话,我很清楚这位民俗学家会推迟对我的调查。

他们的对话很简短,她坐在了我的面前并点上了一根烟。我继续期待着他们的对话尽快偏离有关我们的话题,我也仅能通过脸上愈发明显的尴尬,去隐藏起心里的那份迫不及待。

看来这电话接得并不愉快,我也什么都没有问,她有权决定什么我可以问,而什么不可以。

---

[1] Doftana,罗马尼亚中部城市,此处的一座监狱被称为"罗马尼亚的巴士底狱",建于1895年,从1921年开始被用于拘押政治犯。

我真希望有那么一刻，能让她自己去展现自己。

"事实上，别说小孩子了，没有人是什么都明白的。"

她用那只苍白的手摸了摸额头，平静了下来。

"发生了什么不愉快吗？"

"没有，我怎么也跟个孩子似的。他们向我索要《革命歌集》的一些信息，我很高兴，你知道关于欧金……"

我一动未动，感觉到她在看着我。

"欧金是我的丈夫。"

我没有想到她是如此自然地说出的"是"，而非"曾是"，她远远地望向窗外。

"是的，我很高兴，我也有些幼稚。现在，一位善良而又有心的女同志告诉我她会出版这些歌曲，然而却不能署名，也不会提及这些歌曲的历史背景。当然了，这也并不重要。只要有一个单独的名字就可以了，可以代表所有人的名字。你明白的，我觉得……我感到无法呼吸，我忍耐着，我闭上了嘴巴，但我又无法忘记我已经闭上了嘴吧！"

她在烟灰缸中捻灭了烟头，接着她颇有耐心地把剩下的烟头捻碎了，烟丝散落开来，还有火柴。无可避免的安静的借口，以及连她都受不了的压力。她又一次把火柴给掰断了，再一次，她笑了起来。

"我刚才说给你准备点什么，结果我们就开始聊了起来……"

"什么都不用做，这样其实更好。"

"那个丫头还没回来，你等她都等累了吧。"

"不，我不累。"

她再一次把我带回到了关于沃沃的话题，我根本就不想而且这也绝非我的意愿。当她还在说话的时候，我又一次地感觉到了那女人的秀发，她那有活力而又金黄的秀发的簌簌声充斥了整个房间。我没有能力去改变话题，这反而让我得到了心甘情愿的折磨，还获得了能够长时间很开心地和她聊关于她女儿的能力，这会令她感到平静的。为了让我开心，我们会谈论关于书籍、电影、时尚，当然了还有建筑、医学，有时候这就像是对我这种孤独气质的一种回馈，总之她会笑的。

她寻找并找到支持的理由，这会带给我们不安与伤害，她会用她的单纯以及她单纯的内疚去平复它。我明白，我明白如此多香烟的陷阱，灭了又点上然后又灭了，就像是某种仪式，然而我不能理解这种无力的沉默会占据着我。在很少的一些时刻，当她的额头划过一丝疑虑时，她都会说："我很好，我会做手术，沃沃也会……"

她望向窗户，伴随着阵阵沉默，我们似乎要吞噬了自己，就像是热电交换一样。她明白，恰恰当她深情而迷茫地看向窗外时，她完全没有必要替沃沃道歉，沃沃也不知道什么时候会来，也不知道什么时候会有"速写中的速写"，而且距离现在还很远，在那里她会被一群爱慕她的人所团团围住。

她看向远方，她游离的深情望向窗外远方，我们对话中的一些部分毒杀了我的问题与愤怒。我独自一人回去了，走了很长的路回家了。

散步

  灰色平坦的路面向前方延伸开来,它像一条带子一样隆起,行人看着远方和高处。突然间,爆发出了五颜六色的光亮、紫色的斑点、奶白色的条痕、暗黄色的孔洞、又厚又黑的轮廓。行人长时间地看着,雨水刷洗过的石头透着粉红色,晶莹透亮,天空中笼罩着迷离的蓝色,涓涓的细水流向了道路的边缘,而路上的泥巴也差不多要干了。

  左脚的白鞋跟随着右脚黑鞋的节奏……粗犷的黑色加快了白色交替的脚步。左脚的白鞋触碰到了傍晚雨后潮湿的道路,随着旁边男人的右脚一同抬起,而男人的鞋则像是某只僵硬的黑色动物的嘴巴。

  左脚白色和右脚黑色,右脚白色和左脚黑色,左白右黑,右白左黑,一二,一二……白色左脚和右手,黑色右脚和左手,左白和右黑,她的右手微微碰到左手,摆动着,触碰到了我,两手远离又落下,又触碰到了我,鞋跟的声响与双手触碰到的时间总有些延迟。

再一次，右白色和左黑色，她的左手和我的右手远远地挥动着，感觉很是陌生。左脚的白色，我们能碰到，而右脚的白色，我们碰不到，一二，一二，白色的鞋跟刺在隆起的带子上，所发出的声响也紧随着我们，而这声响却被男人橡胶的大鞋底给压了下去。我们的双手、双肘，还有手指都分别触碰了那么一下，左白色，右黑色，走在潮湿孤寂的街道上……白色的鞋跟敲打着慵懒夜晚的每一秒钟，一二，一二，双手的触碰就像是触到了电一样，湿润而殷切的黄昏宁静，任意行走在这道路上而不用害怕迷路，怨毒的过去，发生在昨日的以及很久以前的，不断恶化着的，凝视着侵扰和复仇的瞬间。

女孩露出了一丝微笑，像是回忆的残余，又像是生花的妙笔。再一次靠近的机会，他就像是一位无可替代的伴侣，如此地折磨着她。她不知道该如何挽留他，也不知道该如何拒绝他，就像一切都是应该的一样，无法提前预料到这次会面的负荷。

秋日缓缓的夜晚，仍轻抚着夏日的热风。或秋夜或夏夜的林荫路，空中泛着微黄的雾气，像是生了铁锈，那是枯叶烧过的青烟。

宁静，忘却，道路在黄昏下像一条光亮的带子，缓缓隆起。

一二、一二、一二……左边的白色隐藏着右边的白色，踩踏着路面，从半身升起又在我们无法触碰到的下半身落下，雪白的双腿，年轻而饱满的膝盖跳动着、沸腾着，光滑而细腻。袜子的丝线一直延伸到脚掌，张开又收紧。

绿色的裙边停在了膝盖的上方，周围明亮而平和，左右、一二、左白、右黑。胳膊和胯部的接触，一二、左右、左右，在秋日的萧瑟中迈着疲惫的步伐。

这将会提供一个共同的回忆、一个笑话、一个暧昧的责备，或是任何寻衅般的残余。这会伤害到并唤醒过去的关联。这就好比是一幅风景，一个曾经能够令她惊喜的装饰。像一场令人震惊的演讲，就是为了留下这好欺负的一对。在街道坟墓的回荡中，老女人的尖叫声令电话亭都在晃动，炮火让现在的墙面徒留断壁残垣，仅留下正面的墙以及上面的孔洞，老旧不堪，像是烟熏过的，窗户洞里还在燃烧着。

我们从一旁流过，陌生而小心，异常得紧张。这所发生的一切将会显现出任何一个机会，藏在乔装与密闭游荡的、妩媚的无罪之中。

"我们去哪里？"

"既然我们已经见面了，那我们走吧！对于所发生的这一切我们都是无罪的。如此安静的街道，你想怎样都可以。要知道，我带你来了一个绝对安静的区域。"

街道上确实也很平静。门前有一位残疾的老女人，她坐在轮椅上织着毛衣。蜡黄的脸庞，不断地眨着双眼，院中的地面被一片绿色所覆盖，毛衣针所反射出的光亮像闪电一样。她的胳膊大幅度地打着转，她是胳膊肘在动而并非手指在动，可能她的指关节已经变得僵硬了。在绿色院子的一边，侵入了晚熟的杂草，旁边靠着一辆自行车，后面的车座上绑着一副网球拍和一卷彩色杂志，两辆黄油色的汽车首尾相连地停在一起。

能看到两侧围墙都非常窄的一些房子，它们的院子也都很小。从某个角度斜看过去，两侧的墙就像是不存在一样，仅仅剩下对着街的那一面墙。而这些墙就像是被轰炸过的……一座被轰炸过的剧院，四周满是坍塌的墙面，而正面的窗户里还燃烧着熊熊烈火。遗失的光亮，就像是反复出现暗码的噩梦，看啊，又一次出现在了这最为安静的街道上。

小巷却显得波澜不惊,很是安静。

我尽可能地避免去看那双白鞋,她的脚面露出很多,她所迈出的每一步都能露出膝盖。伴随着鞋跟每一次的踏地,我只能听到墙面倒塌的节奏。一二、左边、右边、左白右黑、左白鞋和右手……我们的双手相互碰到,雪白的膝盖闪烁着磷光,我们继续向前走着。

街道的安静似乎驱赶走了小孩子们,显得荒芜又平静。白色的铁栅栏将运动场分隔开来:排球的网,红土渣的地面被青春的活力踩得实实的。

是另外一栋楼,宽宽的台阶,一个不真实的豪华入口正面向一座塔,一个老头儿看守着这个入口,他那生锈的下巴上似乎还冒着青烟。

一些房子点亮了灯泡,他们的手陌生地挥动着,相互都没有触碰到。

就像是在昨天,一个变年轻的尝试,众多令人沉醉的星期日,登山运动员的锁扣,背包、靴子、毛衣、冰冷的金属床头,欲望与毁灭的最后一次推迟。借来租来的笼子,一直都是不一样的,欲望和柔软的星期日在玻璃门上敲打着。

晚上好先生,晚上好女士。

不好意思,我只想要和你们说……昨晚当您走了以后,电话响了。是一个上了年纪的女人打来的,她的声音听起来很小,是您的母亲。我听得不是很清楚,她好像离话筒很远,我跟她说您在山里……然后,她突然就哭了起来。我问女士您是哪位,您请说您是哪位,我却听不太清楚。她一直在哭,就像是在号叫。我还想再问她,然而她却把电话给挂了。我给总机打了电话,天哪,那边却说对方不是同一个城市的，这不可能啊，我不明白……

在你过往如此多的、身边的人群中，你仍要保持年轻，在渐渐的挥霍中你已经有了过早的疲乏。散落头发的簌簌声，你在和女孩的激情中筑下巢穴，一位老女人在电话亭里的叫喊声，还有马娅年轻的身体。

左白鞋，右手，我们触碰到。我们路过一个红色的房子，外墙是砖砌的。一二、一二，我们的双手触碰到，我们路过了另外一座房子，房顶很陡，还生了锈。绿色裙边下的膝盖，像是飞速闪烁着的磷光，冰冷的膝盖骨上透着血色。我们仅能看到一排排的窗户和围墙。她的鞋跟停了下来，我也顺从地停了下来，同以往一样站在了马娅的身边。似乎一切都像是回来了，平和而温暖，就好像我还能够跳回到最初的起点。我们所同情的挫败与疲惫正如曾经的温柔一样，我们摇摇晃晃没有力气，一个接着一个，我们就要原谅彼此，并心平气和地变成陌生人。

一步向前，一步向后，就像在适当幻想的准备之中。

她又朝着房子走了一步，伴随着白鞋跟的舞步，马娅停了下来，我也停了下来，我很庆幸能够紧紧跟上她的动作，和她保持步调一致。

"你看……"

她把我拉到了她的左边，这是最好的角度。低矮的灰房子，所有的窗户都开着，看起来就像是被旁边的房子给挤扁了。红色倾斜的屋顶旁，是一座很高的楼房，而这座楼房似乎也只剩下了四周的围墙。被摧毁的楼房的废墟，剧院的装饰，在背后是炽热的光亮，就像是延续的生命……

我往后退了小半步，在噼啪的巨响声中我颤抖着，我无法从这个选得过好的角度走开，这个让房子都变了形，让当前的低语都偏离了角度，这正是她苍白的比喻。

"一切都是表面……"她这样说道。

我所有说过却没有做到的，她所有想要却没有得到的，都在那诙谐的哑剧、底片与话语中滑动，而这所有的一切就快要将我溺死……如果你曾爱过我的话，那么一切都会是另外一副样子。你仅仅停留在你自己的世界里，总是停留在那些拖拽着你的话语里，而我却总是孤身一人……或许我会听到或是看到其他什么东西，除了因过于冰冷而像是踩在灼热地面的脚掌，红色的房顶落着积雪，冰凌突然掉落了下来，像是锋利的长钉。

她小心翼翼地搓捻着，不知道该怎么把这断了的线再接上，她想要把这道具再修补好。

"你怎么了，发生了什么？我有一天晚上从这里路过，就是这个奇怪的东西碰到了我。我想要带你看它，或许我不应该带你来。我不想……我没想要做什么不好的事情。我不明白你怎么了？你得往后撤一步！你会看到的，它会平静下来的，你不需要……我只是开玩笑……"

就像是那个夜晚，那个因为战争而失忆了的女人在叫我。当她的儿子像个懦夫一样从她的身边跑走了以后，她在电话亭里放声大笑。就像那时一样，我得重新将我的头埋在这位年轻女人的怀里。马娅是知道的，她正准备要说出这被遗忘的一刻。

"你怎么了，你的脸看起来很苍白……"她这样说道。

正如从山里回来的那个夜晚，她也听到了那个女人像是把厚布撕开一样的喊叫声。就像那时一样，她觉得我被这旧时的记忆所伤到，她就要说出那些话，做出那些动作并且提供给我她的怀抱。我们想要熄灭这叫喊声，还有夜晚中又老又明亮的双眼。年迈的白发从北方的山里回来以后变得蓬乱不堪，被眼神中绿色的瞳孔所捕捉到，想要找到我的感情与弱点……我受不了爆炸后的冲击，以及副机枪手的动作，不过当一段时间内所有的事情都堆积在我身上时，后来我也就习惯了。

她简短地命令道，结结巴巴地说着……你怎么、怎么、怎么了，只有对于过去的过去还有时间，呼吸将我吸收，让我毫无反抗的力气。

我们回来了。我变得极为顺从，像是条件反射一样及时而谦逊，我已然是精疲力竭。马娅在左边颇有节奏地迈着步伐，白黑、左右、左白右黑。

人行道上的积雪被踩实了，似乎脚下的冰面已经冻结了很久。像小孩子一样的左脚穿在白色的袜子里，男人的右脚穿在沉重的靴子里。胳膊也不再相互打到，而是贴在一起，双手也是一只紧紧地握着另一只。一二、一二、一二，左脚在白色的短袜里，听不到什么声音，她的步子轻柔得就像是将将碰到了积雪的路面。一二、左白、右黑。只有靴子还在记录着时间与分秒，厚重的、像是掌了钉的鞋跟的节奏，在人行道上的冰面踩出了一个又一个脚印。

左白右黑、右白左黑，胳膊肘不再触碰到，男人紧紧地攥着快要被风吹倒的小男孩的手。他很是害怕地蹦跳着，因为过于冰冷脚掌就像是踩在灼热的地面上……白色的左脚刚触碰到积雪的路面，白色的右脚便抬起在空中，再一次落下踩在这冰冻的积雪路面之前，似乎是为了暖和那么一下。男孩看着他破洞袜子的脚掌，小心翼翼地避免碰到那位穿着绿色制服的哨兵，裸露在外面的膝盖，粗厚暖和的料子，一二、一二，不看他那绿色的膝盖，也不看河对岸排成行开着窗户的房子。

左白右黑，不对，是左白右绿。绿色的裙边，不，是绿色制服下厚重的膝盖。由于太过冰冷就像是走在灼热地面的步伐，小小的眼睛模糊不清，对岸房子所折射出的闪光。

"发生了什么，我不明白。你的脸色很苍白，你怎么了，我不明白，不应该……"

这套制服继续向前走着，没再说一句话。没有人说话，只剩下空洞洞的街道，时间停留在过去。

右脚穿在白色的短袜里，只有后脚跟的一点点或是大脚趾将将触碰到积雪的路面。没有勇气退后一步或是贴近左边，脚还停留在空中，迟迟没有落在锋利的路面上，由于寒冷干裂的皮肤还透着些血色。

制服拖拽着被阵阵狂风吹坏了的小孩子，靴子数着一二、一二，短炮管的响声被深深埋在土里，冲击与闪光飞快地、断断续续地重复出现。

一座红色的房子，外墙是砖砌的……另外一座是白色的，刚刚粉刷过的。

皮肤细嫩的小男孩被压在坍塌的废墟中，人行道上那如刮脸刀一般的冰面就像一首序曲，这件制服也像一首序曲。

在一座楼房宽大的入口处，在台阶上，有一个都快要发霉了的老男人。小孩子的白色左脚踩在白雪上，穿在靴子里的黑色右脚踏出雷鸣般的节奏。左白右黑，胳膊在上半身自由地摆动着，右白左黑，小孩子的左手，碰到了男人粗厚的右手，碰到了部队用的那种厚面料的手套。

在网球场的前面，是金属的白色围栏……男孩的额头上流的汗好像凝成了小冰珠。没有小孩子的街道十分寂静，像是伪装过一样……在如刀锋般的冰面上……短管炮的炮击，一二、一二，装弹持续了那么一会儿，炮口再次喷射出火焰，炮管的后面崩出一个红圈，赶紧撤回身子以避免被这后坐力冲击到，炮击声一二，一二，还有短促的命令声……

一座石头盖的灰房子，又一座。有两辆车挨着停着，一辆鲜红色的，而另外一辆则布满了灰尘。房子的墙边靠着一辆自行车，在自行车的后车筐里有一把网球拍……雪一直没有停，而冻僵了的脚掌蹦跳着砸向地面。

接近了街道的另一头，女孩的声音谨慎而温暖，她尝试着重新唤醒我，像是想要让我复活过来。

"你怎么了，我不明白……你怎么了？我本来不想……你怎么了？"

在有黑色栅栏的门前，一位坐在轮椅上的残疾女人在织着什么，她面色蜡黄，周围散发出的味道就像是满是老鼠的地窖一样。

而旁边绿色的裙边上下舞动，一二、左白右黑、左白右绿、左白右黑，双手触碰到就像是触电时擦出了火花，脚步声就像是在寒冷潮湿的隧道中所发出的……手拍在脑门上，拍在脖颈上，短炮管发出的隆隆炮击声，短促的命令声，"你怎么了""你怎么了""你怎么了""你怎么了""你怎么了"，像是短炮管里所射出的短火焰，正在灼烧着雪花，"你怎么了""你怎么了"，一二，你怎么了，一二，你怎么了。寒冷安静而又空无一人的街道上，黑色右脚、白色右脚、黑色右脚、雪花，寂静无人，没有尽头。黑色右脚，又是黑色，还是黑色，向后退又向后退，向后退得越来越远。

爱情的熨斗

　　一道纤细的门槛将两个房间的地面相隔开来,跨过了这道门槛,我走进了另外一间光滑玻璃地面的房间。我最近有太多次觉得我像是走在危险的刀尖上,这是因为我历经过所有的激情与失望,愤怒还有屈从。

　　我内心惶惶不安地望向四周,就像是被开枪后略有延迟的后坐力冲击到。我重新经历了这走错一步的时刻,而这一步恰恰是因为害怕错而走错的,就像是恰恰害怕地面滑而又滑了的一小步,就好像偏偏有人在这太过光滑的玻璃地面上推了我一把,这份害怕将会突然或是自然地转变为任何动作的麻痹,甚至会令我心跳停止。

　　任何一个虚假的奖项或是短暂的胜利,鼓舞人心却毫无用处的拐弯抹角,都让我深深地感到无力。在这些白墙的外面,我像是突然被发射了出去,滑倒在这脆弱玻璃的地面。我觉得我被保护着,但我忘记了这仅仅是一次胜利的表象。

　　玻璃地面越发光滑,对于需要安全感的我是如此害怕,以至于我觉得连我呼吸一下都会把它弄碎，我会摔倒在地并浑身喷涌出鲜血，掉入无法自保的深渊中。

我觉得凡是有玻璃地面的房间，都包围着那些有用的房间，那些工作或者会见朋友用的，吃饭或是休息用的房间。所以，在大厅和电梯，在楼梯和阳台，我都感觉到了无论我怎样观察，脑中都萦绕着绝不要迈错一步，任何小心谨慎都毫无用处的想法。因为我所迈出的这一小步，没有丝毫的犹豫和克制，像是被担忧与小心切成了小块，后果与那时比较也没那么严重。我觉得这会面是如此突兀且难以推辞，当我被某个着急又不小心的路人推向这玻璃光滑的表面时，我也无可避免地碰到了这个路人。

邮政大厅里空无一人，与外面的炎热隔绝开来，地面上一个个玻璃方格都闪烁着凉爽。

距离越来越近了，一双又大又绿的眼睛一直在审视着我，离我越来越近。我不知道我是否还有力气说出话来，或是还有力气听别人说话。我需要一种朋友之间的安静，就是那种不需要你说一句我回一句的……让人无法呼吸，那时就好像你咽下了太多的水。而事实上这也不过是难以控制的情感，我情不自禁地闭上了双眼，我将自己抛向高处得以逃脱。我像一颗陨石一样坠入水中，水花的声音很响。我抬起头来，像是获救一般抖掉我的害羞。她站在我的面前看着我，我就要开口说些什么。

"你看起来像是在等我。"

"您认识我吗？或者我们在哪里见过吗？"

"你晚上有安排吗？"

"没有，你有什么提议吗？比如'今晚你去我那里'这种？"

我再一次闭上了双眼，潜入水下继续游着。而当我再次抬起头时，我又会重新变得平静且平和。

"你很可爱，我想男人们应该都不会轻易放过你吧。"

"我不可爱，不过男人们确实都不会轻易放过我，当然了，你也应该能勾搭上一些更独特的女孩子吧。"

"我倒不这么觉得，那我8点在剧院前的电话亭等你。"

"好吧，那你等我。"

确实没什么可说的了，我本应该再寒暄几句，哪怕是说几句外语或是重复下我刚才的话也好，比如问问上节上的什么课，哪门课已经学得很好啦，对哪门不再感兴趣啦之类的。

"电车来之前，和我说说你为什么会感到这么无聊呢？"

"您也是啊，所以才有机会调调情……"

8点钟的时候我在电话亭的玻璃门前等着，她黑色上衣的领口很深，酥胸半露，红色的大花朵在她的长裙上跳动着。

"我们去哪里？"

"去世界的尽头。"

"嗯……远吗？"

"两站地吧。"

我希望这些小小的不满意能够聚集成更大的不满意集中爆发，而最终能将我脱身出来。或许需要将它与更大的快乐连接，并最终与之一同爆炸。满意，不满意……对于见到它们的可能性，我很害怕这还没有准备好的接触。

街道的每一个角落或许都代表着归回，至少是犹豫，恼怒根本就无法面对犹豫……

我们爬上了楼梯的前几个台阶，鞋跟敲在玻璃上的声音听起来很坚定，或许有些太过坚定，没有开灯。我的动作总是过于害羞或者过于冒犯，这会毁掉一切的。我害怕我使用不好这道貌岸然的吹嘘伎俩，我还是闭嘴为好。我专心地看着窗外，脑中想象着她那隆起胸部的影晕。

"你去打开灯吧。"

"开灯干什么？"

"开灯，我不喜欢黑灯瞎火的。"

我按下了开关，似乎我已经回去了，回到了电话亭。

"来请坐这儿吧。"

"客人最好还是不要坐床上了，我就在椅子上坐吧。"

我又重新从电话亭走到了第一个街角，街角处有一个满是五颜六色玩具的橱窗，这更像一个栖身之所。她有着细嫩而柔软的嘴唇，我的每一次尝试她都会有些恼怒地扭过头去，直到放弃并把嘴唇给我。我走过了街角，我不知道自己是否还能加快步伐，她那纤细修长的手指以及锋利的指甲挡住了我，她突然地张开手并站了起来，走了几步后又重新回到了我的旁边。她的细鞋跟像是摩尔斯电码一样敲击着这太过脆弱的玻璃地面，对于这个我还是有些害怕的。不过我还是到了，她平躺在床上，然后是拉开丝质衣服的簌簌声。

"你干什么？请你理智一点，我的衣服都皱了。"

我闭口不言，焦急不安又面红耳赤。

"哎，你看看你在干什么？别这样，我要走了，我的电影票是9点的，别，你别这样！"

地上的界线好像抖动了起来而变得模糊，我感觉走在这光滑的玻璃地面上，就像是走在光滑而又坚硬的象棋棋盘上。一片漆黑中的恬静柔光，注视着、守护着这份宁静，孤独的夜晚像水一样在我们之间流淌，流向远处。

她就在我的身旁，她的动作总是麻木而机械。我们有些头昏眼花，很快便睡下了，晨曦之时，我们很惊讶地发现我们还在一起，我不知道该如何挽留她。

"卫生间很好找，只不过需要穿过院子。"

"我今天就不去上班了，我有点累了。我的裙子皱了，你得给我拿个熨斗。"

"我会给你拿的，不过这样你不会感到无聊吗？"

"我见得多了，不过每一次我都想要忘掉。"

"你倒是挺任性的嘛。"

"还不够任性，要是真任性的话我就走了。"

我给她拿来了熨斗。

"你有什么安排吗？"

"睡觉吧，我还是有点困。"

"好，那我走了，那我就把你反锁在家里，我10点左右回来，等那会儿给你开门你再走。"

我焦急地从看门的面前走过，我就要迟到了。我10点回来时，她醒了，熨过的裙子放在了椅子上。床铺得十分平整，她看着窗外。

"我一直在等着你给我开门，我去趟卫生间，你等我一会儿。"

我把书放回到了书架上，把熨斗的插头拔了下来并放在窗台上，从柜子里抽出了个手绢。

她再次回来了，浑身充满活力，又显得有些冷漠而不够友善，不知道该如何控制自己。我太过自信地踩在这方块地板上，又太过丢脸而惊恐地滑倒在这玻璃地面上。

在我的背后，她看着窗外或是看着熨斗，冷漠而惘然。

"你还在生气吗？"

"我不生气啊，我们可以走了，你后悔认识我吗？"

"不啊，完全不会，你挺可爱的。"

我关上了窗户和门，她的鞋跟像是爱抚着玻璃地面，而我钻进了街道里。

我往左拐，她犹豫了那么一下，是她唯一一次真正犹豫的时刻，她气喘吁吁地追上了我。

"不好意思，我忘了拿扇子，那是别人送给我的礼物。"

"可你没有扇子啊。"

"不，我有，给我钥匙在这等会儿我。"

"我没见到你有扇子。"

"我有一把扇子，怎么……我马上回来。"

"好，那我等着。"

她的鞋跟慌乱地刺向玻璃地面，然后她回来时我又听到同样的声音，她的鞋跟狠狠地按压在地面，像是在脆弱的痂皮上钻孔，那么一刻我看到了透明的表面。

"哎，现在我可以出发了，我该带的东西都带了，先生再见！"

她长时间并有些报复意味地看着我。她漂亮的绿眼睛颇有些狠毒，却又满是柔情。柔情，对，就是柔情。

我及时赶到了，同学们告诉我他没发现我缺课，顺便还告诉我主任在等我。

"一共有多少人被叫了？"

"好像是8个，对，就是8个。"

两点的时候我们下了课，我没有拒绝班里同学们的邀请，我们一起去了游泳池。我们用力地跳入水中，我们沉入水中，在水中漂浮着，我们渴望这份凉爽。我光着身子，但对她来说却很陌生，她也很绝望，她好像一直在看着我，似乎她也变成了这泳池里的水。

我晚些时候也回家了，我感到很累，我绕了路走以便让自己感到身体更沉重、更疲劳。

在广场的售货亭我停了下来，想买瓶汽水喝。

"特拉扬大叔，给我拿瓶凉的吧！"

"好的先生，这热天……真是太热了，跟着火了一样。"

"对啊，很热，外面跟着火了一样。"

"而且还是今天，恰好是圣伊利耶[1]这一天……太热了，全都烧起来了，都烧起来了先生，您好像有点……"

"是的，特拉扬大叔，我是有点累了，因为太热了。"

他有些胆怯又惊讶地看着我。

"再见，先生……"

我慢慢地走着，缓缓地走近了街角，我放慢了脚步，还有我的思绪和疲惫。售货员的动作，燃烧般的惊诧……在这么热的这些天里就像是世界末日一样，像是一个忘了拔掉插销的熨斗，很容易就点燃了房子，一直烧到只剩下房基。

脚步渐渐地将压力流向了地面，玻璃的薄片像是破碎了，散乱地流动着，然而哪里都没有倒塌。在炎热的忍耐中，玻璃碎片像是熔化了，我回到了同一个栖身的地方以便休息那么一下。

一个模糊的边缘，到处是碎片，将太过光滑的玻璃地面分隔开来。我害怕地踩在这地面上，回头看去，寻找着能够支撑倚靠的地方。

---

[1] 东正教节日，每年6月20日，罗马尼亚人通常认为这一天会下雨。

相对的动作

我很疲惫地从一波又一波的烟雾中,从太多的嘈杂声中站了起来。在一个像飞机库一样的大厅里,所有的手似乎都紧紧地握住同一把描图尺。椅子的挪动只影响到了一两个人,他们瞥了我一眼并冲我微微一笑,电话听筒像是吊在手里的一颗沉重的炮弹。

"喂,请问哪位?"

"是我!"

"哪个我?"

"你不认识我了吗?马娅。"

一阵沉默,在桌子的另外一头的窗边,韦拉抬起了眼睛。

"是我,马娅,不闹了。"

"我听着呢。"

"你看……我今天下午去布拉格,我明天就在那边了,你快跟我说说在哪里能买到漂亮的眼镜框,你知道,我的……"

"布拉格?你要去布拉格!我也不知道,主要是我也不记得了，你自己在市中心问问吧，你应该能搞定的。"

"用给你带什么吗？"

"我？你？不用了，你不用给我带东西。"

"上次因为我走你好像还有点生气呢。"

"没有，你搞错了。"

"你要送我去火车站吗？"

"不要。"

"啊，你又要在部里做接待吗？"

"没有。"

房间像是变成了满是水雾的大厅：我在最后一排的椅子上急促地呼吸着，就快要喘不上气来了，我需要点空气或水或是……电话中将会是长时间的沉默，然后便是一阵暴风雨。

"你又不说话了，你说，你不想送我去火车站吗？"

"其他人呢，他们是都要开会吗？"

"开会？我叫你送我是因为你是我朋友！你要是不想就算了，总之，晚上7点的火车，我们5点在火车站集合。"

"真不好意思，我下午得去趟普洛耶什蒂[1]。"

"普洛耶什蒂？你去那儿做什么？又是……"

"反正我今天得到普洛耶什蒂。"

一声预料到的爆裂声响，没有丝毫的犹豫，我又回到了原点。拉杜继续做着冷却塔的图表，他小心翼翼地做着不同颜色的标记。多林研究着金属部件。韦拉研究着排水设施，她感觉到了我一直以来的压力与转变。卢奇安焦急地在标准手册里找着什么。

---

[1] Ploieşti，罗马尼亚南部城市。

椅子太小了，也太平滑了，我不难想起在夏天都发生了什么。突然响起的电话像是在撒娇一样，然而我却将电话摔下，一次、两次，直到第三次我才接起。紧接着便是一场灾难，我的面色越发苍白，而她则像是尝试了一个单足旋转，一个卓有成效的"足尖点地"。

她跟随着韦拉并质问她，以便确认我是不是有了新的兴趣点。似乎还是存在一些新的外在原因，或者这能让我们重新体验一下最开始的感觉。她强迫我和她一起过新年，当她的愉悦达到顶峰的时候，她突然站了起来并说道："走，我们一起去散步吧。"

然后她继续说道："你要是不来的话我就自己去了。"

她走了，面色苍白，惨兮兮的，好像就快要不行了。就像是历经了无法承受的紧绷，眼泪突然就像是断了弦一样。这安静令她恼火，这是一种虚伪的妥协，随时准备好背叛的、令人怀疑的空闲。

在春天的时候我们接受了再尝试一次，最后一次。星期六是第一个在一起的夜晚，她迟到了5分钟还是10分钟，或者是15分钟。钥匙、电车，还有那些你一直什么都不知道的故事。第二天一早，碰巧我隐约看到她挽着一位胡子拉碴又病恹恹的演员，他们一同走进了电影院。

我真想把这沉重的电话听筒扔出窗外，里面尽是些马戏团、荒野以及地狱般的嘈杂。

夏天的一个夜晚，她和平时一样没打招呼就来了。她很优雅，头发是做过的，她表现得忠心耿耿，又富有激情和同情心……她知道我又疲惫又生气，我需要一段空闲的时间，但是我们还是会回来、会再见面的。不知道她和谁去了海边，已经三天了……然后便是她那绝望而荼毒的讲述，有着精确而又带有些挑衅意味的细节。

毫无意义的故事，愚蠢而又不安分，就像是被诅咒了的湿疹，会打扰到动作与思绪。我需要一颗柠檬、一根削尖的粉笔、一杯凉苏打水。韦拉时不时地抬眼看我，她懂我，能够预感到我的焦虑。

"喂，还是我……你还是来吧。我又想了想，你来吧，别不给我面子，来和我们坐同一班火车，你可以在普洛耶什蒂下。"

"不行，我得更早点到，我是4点40的火车，全程得一个半小时。"

电话听筒沉重地挂在手上，里面似乎全是带电的毒针。

韦拉再次抬起了头，她的眼神跟随着我，似乎想要猜出什么……

"那么，4点半在楼下见。"

"什么就4点半？我都跟你说了我的火车就是4点半发车，4点整的时候麻烦你下楼吧，别让我等你……"

3点半我吃完饭，她住的楼很近，走路大概10分钟。我还能富余半个小时，我要克制、要开心、要冷静，可别跟个大天使一样。

我走进了咖啡店，我要喝杯咖啡。年轻而善良的马娅，这位忠心耿耿的同志，对我的任何不安分都表现出了疯狂与倾慕。她完全能够临时决定并跋山涉水几百公里，来这山沟沟里和我见上一面，这就足以让她心花怒放了。她老是讲起关于我的话题，这些话语就像是升起的火焰，多少会让她身边的女同事们感到些许反感。来自父母的压力、怀疑、疲惫、医生、医院，是她将动荡的这些年变成了奇迹，她总是有勇气从头开始并能够克服任何障碍。

她总是毫不犹豫，快乐而自信地付出，我本应该去保护她，正如她所想……送到厂子里来的玫瑰花，满分的考试，一本新书，省吃俭用买的围脖……让我们相互扶持，让我们成为并保持……所有的这一切都已经失去了。

"咖啡多少钱？"

"3列伊[1]。"

我还有15分钟，我会准点到，最多晚1分钟。我会很平和的，我没理由对她表现出敌意，或许我从一开始就错了，比她错得更为深刻。在曾经的盲目与快乐的残忍中，她挣扎并陷落。她都没钱买袜子了，甚至要借钱去看电影，然而她现在却要去布拉格！

几个星期以前，在去单位的路上她碰见了我，她面色苍白，看上去没有睡好而且显得很孤独。之后她来到了门前，手里拿着一袋新鲜的馅饼，她亲了我。就像是以前一样，不管在任何地方或是任何人面前，她都会亲我，虽然我们之间早已没有了一些……没有了一些什么呢？

楼前什么人也没有，差两分钟4点。

4点5分了，瘦瘦的她将会下来的，面色苍白并且心不在焉，她会笑的，会结结巴巴、急切地说出所有报复的话。夏天的冒险，那个陌生人，逐渐失去了知觉并讲述着细节、细节……一个月以前，她来找我并给了我一封信："这可是最为疯狂的情书，你没法知道我希望所有事情都变成什么样子，当我还是你的……总之你明天晚上才能读。"

她热衷于这种信手拈来的撒娇，就像是便宜的歌剧，或者像是某种疾病。"我对你的这种神神秘秘并不感兴趣，你要是有什么想说的就直说吧。"我吼叫道。几天后勒兹万在山里见了她，他胡子拉碴的，谁他妈知道他有什么病。

而事实上，我总是觉得我很愧疚。

---

[1] 罗马尼亚官方货币。

我已经准备好了耐心去面对，毕竟我应该直接走或是把楼门给砸碎。电梯上上下下已经3次了，4点10分了。火车已经停在了第3号站台，第5号站台，第800号站台了吧。

4点一刻，电梯下来了，还是空的。等她的时候我已经变换了上百个姿势了，好显得我很放松并且不那么在意这些，我在裤兜里的手紧紧攥着变红了的铁珠。

4点20分，她来了。她显得有些手足无措，却又开心而优雅。她的脸色也不再苍白，气质也和平日一样，显得忙忙碌碌的。

"啊，我迟到了吗？确实迟到了一点，跟以前一样嘛。"

我没有说话，我拿起她装满小东西的行李箱。我们都没有说话，行李箱很重，连上面的那些标签都令我很生气。

"你生我的气了，原谅我……"

"没什么可原谅的，我不过是个请来的钟点搬运工……"

"你好过分，你就说不出什么好话来，我觉得……"

我们走过了街角，走到了大路上。

"没时间坐电车了，太晚了。拦个车吧，我们打车。"

我没有把烟掐灭，她调皮并偷偷地跟我指了指司机，让我别再抽了。我看到了前座靠背上有些烟灰，我便猛吸了一口。司机伸出了手等着我付钱，我下意识地远离了一下，不禁有些惊讶。

"12列伊。"

我给了司机20，车门也被重重地关上了。

在售票处我买了去普洛耶什蒂的火车票。去普洛耶什蒂的、去达拉斯的、去撒哈拉、去好望角的……

"你现在走吗？"

"对，我现在走。"

"来和我们一起吧，7点，和我们坐一趟车吧。"

我没有说话，我看了看她的白鞋子，很漂亮。

"一个月以前你想和我说什么，我听别人说你在找我？"

我可能会笑，也可能会抽噎，我跟个瞎了的疯子一样。而这位阴魂不散的还在尝试着让我留下来，我都没注意她伸出了手。

"我想跟你说什么？我想要跟你说一路顺风。"

"你太过分了，你知道吗，来吧，和我们一起吧……"

我们还在站台上，在好几节车厢的中间位置，我跳上了车厢，火车缓缓地开动了。我看到她在行李箱的旁边，幼小而无助。

火车上很挤，我挪动身子小心翼翼地往人流的反方向走着。我的头有些蒙，一直在往反方向走。车轮将我转得飞快，越来越快，让我不断向前走得越来越远。我向后走的脚步匆忙而迷茫……火车已全速行驶，而我还在匆忙地、毫无意义地往反方向走着。

感伤的教育

下雨天，在格奥尔基·迪米特罗夫大街的十字路口，有一位女士和我搭话，她问我去往椴树湖方向的17路电车的车站在哪里。当她放下了手里红色的巨大雨伞时，我看清了她的脸庞，原来是金发的阿尔凡达里医生！她就像个明星一样，在上千年前的某个夏天的午后，从好莱坞的那些工作室掉进了我们布科维纳[1]这50年代的、破旧、狭小又黑暗的小厨房里。而这位明星正是那时候的我自己，戴着少先队员的红领巾和红徽章，因为红色的朗诵与演讲而热泪盈眶。直到这位女士几年以后也从好莱坞回来了，她回到了首都，回到了她自己的好莱坞。

我没有忘记这位女演员的所有声音，以及她所说的每一句话："我想认识一下这个男孩子的母亲。"母亲像是被吓到了，不禁慌张地搓着手中的油布围裙。

---

[1] 罗马尼亚北部的一个地区。

而现在，过去的那些明星们一个挨着一个，都在去往椴树湖方向的17路电车的车站。我很快地便给出了这颇有价值的确认信息："是的，这是去往椴树湖方向的17路电车的车站。"

我看着她，女医生阿尔凡达里，是我那位恋爱伴侣的母亲，那还是在布加勒斯特[1]上学的前几年，她那年轻而纤瘦的模样再次浮现在了我眼前。

帕尔马的夹大衣，我这样称呼这种上好的、沙质的马海毛大衣，这件大衣就像是某种柔情，遮盖住了她的美丽。是的，这位陌生的女士确实有着电影明星般的异国风情。她笑了，她的笑容中带有一种面对同伙共犯时的挑衅，有一种将西蒙·希涅莱[2]与玛丽莲·梦露结合在一起的奇怪。我僵直地站在原地，我无法移动我的双脚，就好像我也在等17路电车。

雨下了又停了，就像是没有下过一样。这位女士把伞收了起来，在手上优雅地把玩着。她抖了抖金色的头发，还带有些青春的气息，她再一次看向我，与此同时她再一次冲我微笑。在接下来的一刻，她挽住了我的胳膊。她比我要高那么一点点，我们一同离开了电车站。我们谈论起新上映的电影，那个专放纪录片的电影院坐落于马克思-恩格斯大道上，而我们正朝着那个方向漫无目的地行进着。

这部苏联纪录片的片名是《法西斯的真面目》，不过后来我们才发现，我们两人在上周就都已经看过了。奇怪，恰好就是这部片子……毕竟对于刚见面的第一次交谈来说，这并不是个多么有意思的话题。然而，这位女士看这部片子时显得同我一样热血澎湃，她

---

1 罗马尼亚首都。
2 法国著名女演员，"二战"后法国电影届的代表人物，同时还是一位叱咤风云的政界人物。

还是很愿意再看一遍的。片中对于当前现实的那种颠覆性的暗示也确实值得再看一遍，真的，真的有不少值得反复品味的桥段。

"你是犹太人，对吧？"我听到了这位女演员的声音。

我不是很喜欢这个问题，我喜欢的是电影爱好者们那种发自内心的共鸣。我怎么就是犹太人了呢？我没有大鼻子，讲起话来也没有口音……只因为我不抵触有关法西斯的话题吗？然而这部电影也不都是关于法西斯的！没有人关心这个国家到底是法西斯主义还是共产主义，更别说在这样一个邪恶的时代了，对吧？除了我以及这位与我搭话的陌生女士，所有人对这个话题都不感兴趣，真的所有人都不感兴趣吗？或许我们所有的同胞都是享乐主义者，并且完全能够习惯于玩笑、红酒、歌曲以及日常的种种琐事吧。

犹太人？我和犹太人有什么共同之处吗？我和自己都没有什么共同之处……"我应该安静地待在角落里，庆幸我还有呼吸。"我一口气地朗读完了我脑中早已想好的引文。

这位女士盯着我，丝毫没有怀疑这其实并不是我所说的话，就算我提起卡夫卡她也不会有更多的反应。我确信，她也仅仅将这当作一个很普通的话题在聊。

"哲学家还是商人？"总之她没有等我回答，然后继续着她突兀而兴奋的话。

"这是两种截然不同的类型，不是吗？我的男人是商人，而你更像是另外一种类型。"

自由的表达，我就快要喊出声来了，这两种类型和社会主义的真面目毫无关联！然而你不能如此莽撞地把自己交给一个陌生人吧。

是的，不得不承认，我属于弱势的那个类型。我停了下来，我也盯着她,她笑了笑并伸出了手。

"艾丽斯·阿斯兰。"

这个名字听起来像是亚美尼亚的……也对,亚美尼亚人都是很好的商人,不过我倒是没看出来这和我有什么关系。艾丽斯这个名字听起来也并没有什么特别的。金色的秀发,湿润的、又大又绿的眼睛,是不是给人一种好莱坞的印象?这简直就是一张哪里都美的国际大片。

在接下来散步的几个小时里,我们走在雨水冲刷干净的小路上,这是去往克勒拉什大道的方向,靠近西莱亚努大街,我就住在那里,房子是雅各宾医生的。然后我们在自由公园的周围散步,就这样我得知了她的一些片段经历。她独居生活,她的丈夫偷渡出国了,据说在国外过得还不错。她也想要尽快去到那里,她说直到出国之前她都是一个饱受质疑的人、一个所谓临时的人。她的钱挣得卑微却有尊严,她是一家名为"麦穗"商店的出纳员,就坐落于伯尔切斯库大街上。

那个地方我知道,"麦穗"就在罗马尼亚-苏联友好协会图书馆的附近,我可是天天都去的。那里有特别好吃的馅饼,奶酪馅和肉馅的……顾客们希望它们都不要消失,最好图书馆和馅饼都不要消失。

然而,我并没有看出这个"麦穗"出纳部门的出色代表。同其他异类的贱民们一样,这位女士轻松地讲述着那些痛苦,而她也正是通过这种方式才挣得每天的面包。

天色暗淡了下来,我们躲藏在楼房的角落或是公园的小树林里,在黑暗雨伞的掩护下我们长久地亲吻。

拉雪尔,我嘟囔道,我陶醉在了拥抱之中。拉雪尔……我这样称呼着嘴唇、乳房还有不知是何人的笑声。当她听到这个陌生的名字时,她边笑边抗议着,就像是面对一位虽然过分但你又不得不容忍的学生。拉雪尔是法国女人、非洲女人、犹太女人、红发女人……不,她不是法国女人,也不是非洲女人或犹太女人。她是罗马尼亚女人,是的,她没有听说过女医生阿尔凡达里,她是我幻想中与我乱伦的岳母,也没有听说过红头发的拉雪尔,她就像是罗杰·马丁·杜·加尔[1]笔下蒂博医生的爱人,突然间就出现在了我的面前。

随着青少年长大,混杂着性爱词汇的幻想就从未停止过,布加勒斯特的图书馆令人深深地痴迷于其中。每一次对陌生女人的追求都会以愚蠢的失败而告终,而且还总是充满了戏剧性。埃拉·阿尔凡达里是这位女医生的女儿,那时她也到了布加勒斯特来求学。在学生时代的前几年里,她也一直是我爱慕且在深夜中用双手聊以慰藉的幻想对象。要尽可能地延长这焦急的前戏,在女孩小屋那张窄窄的床上,直到这位单身青年控制不住手中的"缰绳",直到晕厥他才停了下来,女孩一脸惊恐并用尽全力推开了他。匿名的自由,这位从乡下来到布加勒斯特的高中生是如此幻想的。延展的马路像一条浸湿了的长带,一颗拖着长尾的彗星即刻便吸引了你的注意。在这位陌生女人走出剧院或是电影院,走出图书馆或是发廊之后,紧跟着她的总是他那长久而无用的追逐,羞怯而又沉默的狩猎。这位追求者担惊受怕地等着一个十分保密的信号,以暗示就要轮到他了,而此时此刻他也正是别人的猎物。追求的恼怒在多变四季的壮

---

[1] 获得诺贝尔文学奖的法国作家,他的获奖主要由于他花了20年时间创作的系列长篇小说《蒂博一家》中"所描绘的人的冲突及当代生活中某些基本方面的艺术力量和真实性"。

丽诗歌中绘制了这座城市。这位女工人在那一刻面色煞白，她突然脱下又突然穿上了衣服，她威严而愤慨，让旁人难以接近。在新年的前夜，当军人们在远方执勤的时候，少校的妻子用毛巾小心翼翼地擦拭着自己的私处。这位探戈女歌星褶皱的皮大衣，被她期待着的赞许的孤独所拖拽着。她露出了大大的门牙，这位没有胸的女会计，被歇斯底里地、病态地乱摸着。

不知是什么时候，或许是一个星期五的下午，美丽大街20号，这个地址在交头接耳中由一个学生传给了另外一个学生。

她走进了一个院子，门后是佣人走的楼梯。在楼梯前是一个有胡子的老人，他虽然看起来很穷，但衣着却很得体，他坐在一个三脚椅上，他正在收费，交25列伊就可以进入了。在二楼的一个小房间里，一张大床上是绣花的铺盖，椅子上是一盆水。拉伯雷的女佣在床上微笑着，她那宽宽的脸盘有些发白，黑色的大眼睛，乌黑蓬乱的头发。她不时地冷笑起来，提供地址的人至少也给出了初步的信息，部队里骑摩托车冠军的妻子倒是极其的"钱"诚，背地里总是偷偷地给自己增添收入。

女人示意客人脱下衣服，大衣、外衣、鞋子、衬衣、裤子，女人也从脑后拽出并脱下了睡衣，全身都裸露了出来。

她下了床并光着脚向前走着，她的脚很大，大大的脚趾甲涂成了深红色，她张开了双腿。而学生原地未动地揣摩着，大大的脚趾甲很臭，她的脚也是又大又臭。女人重新爬上了床，客人也爬上了这又大又臭的女人，压在她汗涔涔的、柔软的乳房上。她黏糊糊的大手伸进了客人双腿之间，母亲般的声音，她的手指尝试着将它唤醒。然而醒了那么一下便又熄灭了，又过了好一会儿，它就像是老了、放弃了。

拉雪尔又承诺了些别的什么,她坐得离这位商人主人远远的,身上披着帕尔马的皇袍,这么多年来扭曲的负担就也终于要被烧没了。这个陌生女人白天都隐藏在"麦穗"出纳部门的面具下,至于那位被哲学困惑所引诱的学生,他的夜晚最终还是会被她所占据。

我们终于还是见了面啊!我们在这罩子一样的罗登厚呢大衣下见了面,就像是帕尔马帐篷一样,美利奴羊毛或是海马毛,谁知道是什么料子。很快就要到最后的期限了!这位拿着红色雨伞的女士显得就像是新信徒一样的不耐烦。

我到了房子的门前,她既没有请我进去,也没让我亲她,看样子她对我露出了一副面对邻居时的那种谨慎。她点了一根烟,她从那著名的肯特烟盒中给我也拿了一根,无非客气的那种递烟。接下来,我们在三天后又见面了,那是星期六的晚上。她又请我去她那里,竟然还是星期六的晚上!

当然也不会发生什么不得了的事情,这位陌生的女人不会出现的,而且直到最后一刻她也不会取消会面。我们会有一个避难的地方、一张床、一个黑暗的走廊,所有合适的地方都行。但这次唯一的问题就是,我们两人是否还能活到星期六晚上。星期六晚上7点半,将要上演好莱坞的风流韵事呢!

这个来自社会主义时代乡下的小伙子,尤其是在性爱方面还是个新手,一开始进展得并不是很顺利。早熟的青春期被演讲所激励,又刚好碰上了革命。乡下的那些蹩脚小演员的身旁不也尽是虚夸的吹捧吗?姑娘们甜蜜蜜地挤在这位明星的身旁,在黑夜中献上她们细嫩的嘴唇与脖颈,还会不时主动地露出一小块白嫩的乳房。够了够了,我妈会打我的……如果在一片漆黑的电影院里,也就意味着布伦杜莎、普希或是希尔维娅,尤其是伊卡,最不吸引人的那个，却最为忧郁和古怪。在一片漆黑下低声私语，寻找着内衣和裸露在外的肌肤，抚摸着手肘、腋窝还有肩膀。往下，再往下，一阵又一阵的陶醉，往下，再往下，是疼痛的阴茎还有脓疮。这位女作家伊卡像是鬼上身了一般，她浑身充满了激情，拦截下了满是柔情的信息，圣母玛利亚将危难翻译成犹太人的语言："几年以后，这个男孩会把我们都杀死的。"

阿尔凡达里医生的女儿将会开始陶醉于新一轮的满面潮红，并且沉浸于这尚未结束的前戏的放荡。然后，便是家中佣人们那种一贯的好客与殷勤……在士兵们停留的夜晚，卢克雷茨娅会用心地招待，然后便是男人们的喷涌……她那年轻的身体并没有茉莉花的香气，也没有炸洋葱的味道，她浑身都只浸透着士兵的味道，而这位士兵的身上又混杂着各种女人的味道。

这位先生是被哲学所吸引的，而并非商业。他犹豫着要不要去看医生，去看看裤子里那块难为情的灼痛。然而，这里并没有任何一家私人诊所，对于这种难言之隐你也无人可以倾诉，他也就放弃了，以后就得担惊受怕地带着这万劫不复的病毒一起生活了。报纸、收音机、书籍、会议以及大型集会都不会去讨论这种小市民们隐藏在心底的焦虑。"如果习惯越坏，那么观点也就越为严肃……"其实在现实中哪里有那么多的革命，这也恰恰证实了那位革命先驱所说过的话，可他却没能活到社会主义时期。

尽管如此，这位病人最终还是康复了，而拉雪尔·杜·加尔在星期六的晚上就让他重拾起了年轻时的信心。

这些天过得太快了些，但似乎又过得没那么快，就像是在同样怀了孕的、喝醉了的一天里，就像是在一个不断胀大的肚子里一样。距离创世第七天的休息还有两站的宿命，这一天是由上帝所命名的，然而上帝在星期六的这一天也休息了。

晴朗的下午，柔和的黄昏傍晚，云朵就像是大鸟在空中一阵迷茫地盘旋。行人们似乎没有被这个神经兮兮的人所打搅到，这个人的步子迈得又小又慢，在自由公园里踱来踱去。秒针慢悠悠地走着，退了休的人们坐在长椅上静静地看着这个演得很好的、冷漠却又害羞的人。

她家住在尼丰路，成排的房子和2天前、20天前乃至30天前并没有什么不同，还是28号。什么都没有变，一切都还是原来的样子，正是这个地方的、或是不知何时的一瞬永恒。在这个三角建筑只有一层，入口前是两级石头台阶。两个一模一样的门铃，一个在另外一个下面，都安装在那巨大的黑色橡树木门上。上面的名字也是一样的，他的手指按下了艾丽斯·阿斯兰的那个按钮。街角的钟表显示时间为7点36分，她立马就开了门。她很美丽，虽然没有第一次见面的那个夜晚那么年轻，但她依旧很美丽。全都准备好了，完全不用着急，既不用着急开始也不用过早结束，话虽这么说，但他们还是像两个焦急见面的小孩子一样，爆发般地拥抱在了一起。不过他们还是尝试着先聊聊天，或许是想要通过稀松平常的对话以激起对方的意愿？比如聊些挑逗的话题，她说她去看医生，而那位上了年纪的医生却控制不住自己的手，摸了他不该摸的地方。

上好的红酒，昂贵的杯子，隐藏起来的世界的叮当声……城堡房间中传出来一阵阵痉挛的叫喊声、低语声、喘息声、咯吱的响声，还有所有阶层、民族以及不同年龄的人们的咒骂声，所有的声音就像是抱在了一起。私人的空间变成了唯一的财富，我们也变得更加内向了。哎，现在我能看到你了，你身边也不再有告密的人了，也不再有谎言与肮脏，你必须在那些士兵闯入之前速速离开。

然而，没有人会闯入这间属于艾丽斯·阿斯兰的舒适房间，在这里不存在任何受害者的原因与借口。在这张宽大而干净的床上，我们光着身子，我们很自由。这位"艺伎"做着她应该做的事情，她不慌不忙地，既没有太快地开始也没有停下来的意思，只不过客人从过分的焦急转变为过分的被动，被这位浑身充满激情的伴侣过分地服侍着。这些伎俩让周身的运动都变得很假，或者反之，也正是这种虚假才激发起了激情？思绪开始变得混乱，身体倒下了，如此循环往复也无法再增强一丝气息。

想要认出所渴望的目标其实并不困难，这位沉思的人也仅知道这么多。具体的、强迫的、乡下的、精准的词语，是用在母马、母猪、母狗还有母羚羊身上的。器官，很简单的一个词语，它就像是一道命令，它需要代替诗词以及浪漫的梦。这位哲学家正是这么想的，伴随着勤勉的嘴巴与手指，拉雪尔将它们运用得很熟练，脸上、嘴唇上、湿湿的舌头上，所到之处皆是饥渴的湿湿黏黏。这位不求甚解的人沉醉于这位"艺伎"的嘴唇、酥手还有乳房。也许这就是宇宙的本源吧，他在脑中是这样想的，这位学生想要一直品味下去这总也品不腻的佳肴，可能这就要被更大的东西所代替了，正如拉雪尔想尝试着向他证明什么。诚然，"失重"这个词汇在性爱的心理过程中，绝不是无足轻重的。或许有时候还可以，但有的时候就是不行，可还有的时候哪怕一丁点儿都不行，虽然挑逗的过程都是一样的……而且就算哲学也无法治愈这种困惑。当然，香烟也不行，虽然艾丽斯抽得很多，而到最后我也会抽得多到连自己都受不了。我在清晨时分离开了，我像是被各式各样的饥渴给榨干了。我浑身都感到疲惫，嘴还叼着艾丽斯强行塞进来的烟。不合时宜，枯竭与腻烦，都超出了这位美丽女人的期待与努力。饥渴与淫荡停

109

留在这太过漫长的夜晚，这位神奇国度的美丽女人正统治着这个国度。

我的这位女伴侣在最后一刻依旧没有反悔，她也没有突然消失在子虚乌有之中，她可一点都不丑。尽管如此，似乎还存在着什么东西令饥渴的机理变得失调而紊乱。夜晚的能量似乎被冲淡了，她的囚徒沉没在了过于清醒的困倦之中。非常完美的性友谊，极度的专注与释放，性爱令人心醉神迷，就像是在天堂里一样。他会发现，对于第一次见面所容许的时间来说，这无疑是一次足够长时间亲密的锻炼。

我走出了阿斯兰女士的卧室，外面是淡紫色的清晨，这让我想起了刚来布加勒斯特时所经历的前几个季节。这座城市在这位陌生人的面前徐徐展开，令他深深地沉迷其中。我总也逛不够这座城市的大道和公园，我探寻着每一个餐馆，在清晨的昏暗中独享着一座座房子的神秘。在眨眼的那一瞬间，我就像是在等待着某种惊喜，我所走过的每一步都紧紧跟随着恐惧与危险、绝望，以及放松的渴望。恐慌中仓促而强烈的性爱，两个人混合的味道，某一位迷路了的、孤身一人的女职工的容貌。在夜晚时分，在要回往车库的缓缓电车上，在那里将要发生一连串的慌乱，可能恰好就是在车库里，某个角落还堆积着箱子与工具，或者就是在哪个荒废的电车里。这个看似熟睡的女人其实根本就没有睡着，我这位乘客看着她，电车司机从后视镜里又看着她。一切正在发生的、将要发生的或是延后发生的，都似乎显现出了三月午后的癫狂，在学生时代的第三个学期，在一节研讨课上，我坐在纤瘦的桑达·约内斯库的旁边。突然间，我们在课桌下面互相摸了起来，我的手深入她的裙中，在她那丝滑而又潮湿、而且还越来越湿的大腿根处抚摸着。她的手也伸进了我的裤裆里，我那里也变得活跃起来，老师在黑板上继续着他的论证，而我们也继续着，我们都流出了汗水，与此同时我们用另外一只空出来的手做着笔记。自然的灾难加强了性爱，地震、洪水、火山喷发，当然还有独裁统治。绝望与不断加剧的性爱，不正发生在那些残暴监视者们的眼皮底下吗？那么，拉雪尔·杜·加尔女士的舒适卧室所散发出的安全气息是否会令我感到乏味呢？

在接下来的一周我没有再去找她。过了大概十几天，艾丽斯给我打了电话，我也便阴沉而毫无兴趣地答复了她。

又过了几个月以后，我的心中充满了懊悔，同时我想要尽力挽回我的错误，然而这时已经太迟了。她不再回应我那愚蠢又总是相同的请求，她也已经不在"麦穗"商店工作了，虽然我后来总是去那里找她。

在接下来的几周或是几个月里，我开始慌慌张张地到处找她，然而到处也找不到她。在接下来的一年里也是一样，再之后还是一样，到处都找不到，但我还是会漫无目的地寻找。

贝尔格莱德，1983年，在一家名叫法纳尔的咖啡店里，她正看着银质咖啡杯的杯圈发呆。当她突然间抬起头时，她的红发就像是一团烈火，她看着我，就像是在看着一个她一直在等待着的顾客。那是我去开会的最后一天，布加勒斯特的同事们从一开始就都离我远远的，或许是因为某种传统的原因，又或许是他们早已等不及了要大采购一番，通过他们固定的渠道得以买到家具、电视还有冰箱。下午的时候我在这座城市里闲逛，这里虽然有些脏乱，但相比于被黑暗与阴魂恐吓的"小巴黎"布加勒斯特，这里简直就是一片光明而炽热的绿洲，到处充满了盎然与陶醉的丰沛能量。我早早地回到了旅馆，从电视中看着一些我在布加勒斯特根本看不到的画面。在即将离开的前一晚,我在街上停留了许久,大约午夜时分我走进了法纳尔。艾丽斯染了红色的头发,现在的她就像是那位犹太女人拉雪尔,刚刚从非洲回来,和马丁·杜·加尔的小说里写得一样。我坐在了她的面前,她冲我笑了笑,然而她并没有认出我来。她已经不会说罗马尼亚语了,只能记得一些简单的词汇,可是我也不会说塞尔维亚语。在我们一起离开之前,我们也只能通过两个语言中一些共通的俄语词汇去相互理解对方,其实就算我们不说话也能相互理解对方。

几年以后,我再一次看到了她,那是在一辆来自西柏林的公交车上,她显得更年轻了一些。我下了车,摇摇晃晃地跟着那个朝着Check Point Charlie[1]远去的背影,那里是东方的边界。我气喘吁吁地撵上了她,我问她爱因斯坦咖啡店该怎么走。她很惊诧,并不自觉地抖动了那么一下,看得出来她的动作十分紧张。她的肩膀窄瘦而脆弱,张开的衣领就像一条橙色的小蛇,她很开心地笑了。她和我一起走了几步,然后我们又一起走了几步,而后她便搂住了我的胳膊,就像是曾经那样。

在巴黎,蓬皮杜艺术中心,她的的确确给了我惊喜。她站在院子里,她很高并且站得也很直,那里有三队人群,那些玩杂耍的人,那些小丑们正努力地吸引着观众。一个美好的秋日中午,温柔而晴朗。她抬起头来,看着我正走下来的那条路。我走了下来,我径直地走向了这位金发而纤瘦的雕塑,她正倚靠着墙等着我。我问她感觉这展览怎么样,她感到很诧异,她的心可能并没有真正地放在展览上,虽然那位艺术家和她是一个民族的,她本应是感兴趣

---

[1] 英语,查理检查站,是非德国人和外交人员在东西柏林通行的关口。

的。她这么心不在焉会不会有什么其他的原因呢？她已经不怎么会说罗马尼亚语了，我便用法语问她，然而我们依然没能成功交流。我尝试着说些我所知不多的英文，她立马就回答了我，还开心地笑了，她提议去LE MASQUE[1]酒吧一起喝杯咖啡或是白兰地，说着便用手指向旁边的那条街。我还是喝杯咖啡吧，毕竟烈酒我只有在晚上喝，况且我也负担不起这样的消费。她明白，她也知道那些有幸拿着东边护照的人手里肯定是没什么钱的，她立马告诉我不要担心，我毕竟是她的客人。我们俩都沉默了一段时间，直到她觉得有必要告诉我她现在生活在阿姆斯特丹，给一个很有名的医生做助理秘书。

"啊，医生应该很老吧，是个老头儿……"

"什么啊，你在说什么啊？"

她十分惊诧地看着我，还皱起了眉头，我又看了看她眉毛上的褶皱，和艾丽斯每次皱眉时一模一样。蓝色的眼睛、细腻而苍白的脸庞、又细又大的双手……是的，这位高大而纤瘦的荷兰人有着和艾丽斯一样的声音，而现在因为抽烟的缘故听上去有些沙哑。

"没有，没什么，就这样吧，一句蠢话罢了。"我尝试着用德语说道。

她也听得懂德语，这让我们的对话变得更简单了，尽管她并不怎么喜欢这门统治者的语言。

"我猜这位医生会追求他的助理。"

"我倒不这么觉得，我们只是单纯而严格的工作汇报关系。"

"啊，也就是说是丈夫……我懂了。"

---

1 法语，假面具。

"我没有结婚,哦,不过我确实结过婚,和一个东方人。"

"东方!哦对,也是……我给忘了,东方人,真的是东方人吗?"

"我希望你不是种族歧视的那种人,就像其他那些东欧人一样。"

"没有,当然没有,我只是好奇,是亚美尼亚人吗?"

"是印度尼西亚人,他以前是空手道冠军,现在是个教练。我们已经离婚3年了,不过我们有时候还是会见面的。"

晚上,我换乘了三次地铁,我迷路了很长时间,直到我再次找到了坐落于rue de la Folie Mericourt[1]的房子。

一座很漂亮的公寓,就跟时尚杂志里的一样。这位荷兰的朋友应该是一位室内设计师,从房间的装修就能看得出来,她去度假了,而现在屋子里就只有我们两人。我带了一瓶苏联的红牌伏特加,从布加勒斯特出发前我在行李里装满了这款酒,就为了到这边送人或是卖掉换钱。

她没有给我准备吃的,因为她觉得我们肯定要出去到餐馆吃。我们待在这个多彩水晶的大房间里,基尔斯滕坐在黑色的沙发上,而我和她面对面,坐在对面红色的沙发上,我们边喝边聊着天。

"你别着急,明天吧,明天我们再做所有的事儿。"

我可不想拖延,而且我也没时间拖延。基尔斯滕倒是很厌恶我是如此的猴急,她是这么说的,这样的匆忙让她感觉有被冒犯到,就像是被泼了一身的脏水。她在阿姆斯特丹和一个年轻一点的男人一起生活,那男的对她甚是感激,因为是她教导了他该如何慢慢地

---

1 法语,梅丽考特大街。

做爱，既要有条不紊又要从容不迫。

"心急吃不了热豆腐嘛。"

当听到这话时我不禁打了个冷战。

"没错，我是教他了，对于如何从容不迫、按部就班地做爱，他现在已经是个专家了。"

我又打了个冷战，她所说的关于爱的这些词都很相似，这个来自阿姆斯特丹的女秘书看着我，观察着我听到她说完这些话的反应。然后，她有些轻蔑地把脱下的裙子扔到了一边，她对于接下来要走的流程完全提不起兴致。我们光着身子躺在地板上的橡胶床垫上，然而过程进展得并不是很顺利，既没有从容不迫也没有按部就班，总之就是不太行。

"你是有姐姐或妹妹吗？"

她把一条腿搭在了沙发上，她的腿又长又白，我都能看到她的阴户。

"姐姐妹妹，我吗？我没有。"

"啊……那么妈妈总有吧，你妈妈呢？"

"妈妈，我妈妈？怎么了？什么意思？"

"没错，就是妈妈……你们的关系怎么样？"

"和妈妈的关系？挺好的，我们挺亲密的，不过也有些复杂，我和我妈妈的关系挺复杂的。"

"啊……那也就是说，乱伦的关系咯？"

或许只有一顿罗马尼亚语的臭骂才能让她停下这些唠叨，基尔斯滕收起了她的微笑，转而变得极为严肃并盯着我，我这个陌生人就像一片昏暗，而她正是被萦绕着的中心。对于我的失败她并没有显得多么不满意，她也不愿意把这失败归因于太过匆忙或是没有按部就班，没准我就是有什么难言之隐吧。

"你的医生，那个老头儿，他是精神病医生吗？"

我的问题并没有令她不悦，她撇着嘴狡黠一笑，而脸上却冰冷冷的。

"精神病？不是，完全不是，他是外科医生。"

我没有说话，直到她又重新开始了她的审查。

"你很着急地想干完这事儿，对吗？你不觉得或许这里面还缺少些爱吗？没错，就是那个无比幼稚的词汇……我们还需要些爱对吗？或者是罪孽，某个隐藏起来的罪孽……你只想要尽快结束做爱对吧？"

她扭过身来，俯身看向地板上盛着伏特加的杯子。她虽然也不那么年轻了，但是她的身材依然保持得很好，纤瘦而富有弹性。杯中仅剩下一滴伏特加，她用这一滴浸湿了那根又长又白的食指，然后从容地吮吸了一口。

"或者是由于书的原因？还是社会主义警察的原因？您没时间也没必要再次尝试这愚蠢的性爱了吧？哎，越是禁止就越兴奋对吧？兴奋会引导你去尝试，而尝试就会丰富你的经验对吧？"

我没有再回答，我也盯着她看，对于去发现这审讯般昏暗的中心来说，我全然感觉不到兴奋。

我们俩都静静地抽着烟，抽的是她的登喜路。我们光着身子相互依偎着在床垫上睡着了，我们似乎都显得很冷漠。清晨时分，我溜到了室外，我感到精疲力竭，就像是被榨干了一样，又像是刚喝了一碗苦草药而有些神志不清。我在外面游荡了很久，外面的空气很冷，我走在这爱情首都的街道上，我走向蒂博医生曾遇到拉雪尔的地方，这座城市似乎变得越来越陌生。

第二天我没有兑现给基尔斯滕打电话的承诺，我感到很后悔，于是就给她写了信。此后，在布加勒斯特，在耶路撒冷，在去马斯特里赫特[1]开大会前我都给她写了信。在纽约我也在寄给她的明信片上写过几行，那张明信片上画的是一只耳朵的梵高。而后从Simplicissimus旅馆[2]给她写信，我告诉她我会在荷兰待一周而且我会来阿姆斯特丹，不过她从未回过信。

令我无法想象的是，她就这样如此突然地闯入了我所住楼房的电梯里。那是过了很多年之后的事情，我从34层下楼，在16层的时候电梯的门开了，一开始没有人出现，然后便闯入了一位瘦瘦的金色短发女人，她的手里还牵着一只小白狗。直到那时我都没有认出她来，我们这栋坐落于纽约上西区的大楼有52层1000多个房间，你不可能所有人都认识。

阿尔玛显得很冷很坏，她身上散发出了每天锻炼的味道，当然还有Micro[3]身上的味道，反正她是这么称呼这只毛茸茸又歇斯底里的小狗崽子的。这只小狗似乎平衡了这位年轻女律师的虚伪与野心，她将其称之为self-esteem[4]，她用一种尖酸而刻薄的语气所说出这话，而这更像一种测试，得以让她分辨出那些活着的人和死了的人。

讲英语对于现在的我来说已经不那么困难了，然而我也刚刚能够习惯性爱方面的暗语。阿尔玛热情奔放，她床上的功夫可是相当了得，还有一个好处就是，我可以在任何人都不知情的情况下溜进

---

[1] 荷兰东南部城市。
[2] 位于德国城市海登堡，同名小说《痴儿西木传》。
[3] 英语，微小。
[4] 英语，自尊。

她的闺房，一个月总会有那么几次，一次或两次，甚至是三次。她总是会演说着一场场正义与伦理的辩论，这虽然令我很不爽，可是我还是会有规律地回来，回到这个16层的藏身之所。但她的下葬仪式我反而没有去，虽然所有的住户都参加了，没有人怀疑我和这位亡故的女人有什么特殊的关系。那一场事故瞬间就把她又高又柔韧的身体撕扯成了碎片，当然同时还有这位妈妈的孩子，那只小狗。这幅画面萦绕在我脑中，我也没必要再去参加什么葬礼了。要是我真的去了，兴许我还能结识一下阿尔塔，也就是阿尔玛的双胞胎妹妹。关于妹妹阿尔塔，邻居们总是会很兴高采烈并喋喋不休地去讲有关她的事情。

差不多又过了一年，阿尔塔也闯入了电梯。她那只本应该牵着小狗的手中，握着的却是一辆自行车的车把，上面还挂着一本亨利·米勒的书。她是芭蕾舞演员，她引导性爱的方式既优雅又风趣。

"来让我开始吧，对，塞进我嘴里，变大了，它要变大了。你控制一下自己嘛，控制一下，不然我可要咬你了，你看，变大了，你尽可能控制一下哦。"

她的声音很清澈，长久以来的沙哑嗓音不见了，毕竟阿尔塔也已经有十多年没有抽过烟了。

"对，不要弄出来，你控制一下，把手放这，伸进小穴里，抚摸那个热热的小圆点儿。就现在，现在进来，慢一点，用力，照我说得做，慢一点，慢慢地用力。"

在一个星期六的夜晚，这个周末为了不和家里人一起去山里，我借口说自己头疼得厉害。我在阿尔塔那里睡了一整晚，她还警告要我承担一切风险。她很快就要结婚了，在此之前，想要和我一起再共度一夜。

这是一种痛苦而病态的快乐，这是迟来的、最后一夜的疯狂与喜悦，躺在如此美好而又充满活力的躯体旁边，就好像和曾经一模一样。

　　青春的沉睡，宛如一种罪孽。17路电车蓝色光亮的烟雾留下了痕迹，拉雪尔高兴地走了下来，她穿着一件红色大衣，手上牵着Micro。我们很动情地拥抱在一起，她那似乎有毒的马海毛波浪令我沉迷，她也是参加葬礼的宾客的一员，我们都忍住了眼泪。我的鼻孔中充满了甜甜的毒药味道，正如曾经一样。夜晚催欲的气息令人晕眩，这残忍的一刻，这年迈的致命毒品。

女同志"T"的前提

我们所知道的，所讲给我们听的，还有我们所不知道的，都随着巴尔特先生的到来而再次复活了。

那时，突然间再次出现了模糊的回答，就像剧本所要求的一样开始了，虽然在现实中已经发生并过了许久。

然而还没有人看到这悲剧的结局。

老旧的问题在那个时候又重新变成了新的问题：这个乡下姑娘、孤儿是如何在这个老爷爷的家里，被当作他其中的一个女儿一样被抚养长大的呢。又该如何判断这位年轻女人的牺牲呢，当她站起来面对荒野和集中营时，她又是如何穿过如此多的陷阱、胜利以及两次世界大战期间的医院，并去往名为Happy-Suicide[1]的车站，而我们仍不知道还有多远才能抵达那里。

很多年以来国家都把夏天出售给那些从世界各地回到这里的

---

[1] 英语，快乐自杀。

人，这是他们夏季的巡回，这也被称之为"外汇兑换的霸权"。酒店、旅店、餐厅都留给了这些外来人，就算是这些人忘了回来也还是会给他们留着。你甚至都无法靠近一个还算得上干净的小酒馆，本地人的反应已经变得极为麻木了：倘若你在街上突然遇到了一个世纪前就在罗得西亚[1]去世的姑妈的鬼魂，你也会丝毫不觉得有所谓。

关于到访的先生们的事情，倒也是从别的地方所得知的。而关于我们的事情，他们却全然不知，否则可是连见都不会见的，就算是真的和他们见了面：也无非寒暄些关于天气、汽车以及家庭的话题。当我们每一个人都将这个干瘪地球的每一个角落推向深渊时，我们双方的每一个人看起来都很开心，似乎完全忽略了多年以来的诸多事情。

然而现在还不是夏天，如此麻木的思考不具有任何意义。现在还是春天，旅游的季节还没有开始，这才刚刚到春天。

对于这位陌生人，巴尔特先生突如其来的到访，他们也颇感惊讶，然而这份惊讶并没有因为他那时断时续的解释而有所减少。

这位前罗马尼亚人说着关于这座小城的过去，还抱怨着那"令人厌恶的黑绿棕色衬衣"。战争、痛苦、不公……"只有我们才知道曾经都发生了什么。"他说道……

很难弄清楚他是如何找到我们的地址的，这位摄影师巴尔特先生那一连串的世界语就像是射出的响箭一般，他尝试着想要告诉我们他其实是想找其他人……very kind, 您真是sehr höflich, enchantée, mais non, 我想要找那个女孩。Your servant, your maid servant,

---

[1] 津巴布韦共和国，1980年前称为罗得西亚。

sie wahr sehr schön, most beautiful, mein Bruder wahr sehr verliebt. Heroine, the hero of the hour, she wanted save you from 集中营，yes，就是集中营。Sie wolte euch helfen, yes, 阁下，I don't know, leader, maybe. 不是参谋的丈夫，这并不是原因，of course, mais non, 我能in my brother's memory看到她。Sicher, please, mais non, certainly she forgot, unbedingt, if you like, 我想请求您，toda raba[1]。

就这样无可避免地发生了：这个游客寻找着"演出"的机会！这个去不起迈阿密、戛纳、科帕卡巴纳[2]的人，在我们这仍在发展中的美妙布景中找到了机会，他看不上我们这里可怜的路人，也许这样能令他恢复内心的支配感以及他的自尊。

一些阴郁的答复并没有让巴尔特先生感到挫败。他的内心被the hero of the hour所占据着，他放弃了和他一样的那些人所有的优越感，尤其是当他们看到我们这里像是史前一般落后的保留地时。他只关心曾经的beautiful servant，只关心过去那暴风雨的火焰……

在某个星期日，那时我还住在一个宽敞的、有高高玻璃门的公寓里。这位游客巴尔特即将要见到她了，女同志"T"表示她要带着收养了很多年的女儿一起过来。

春天，快要上午11点钟了，阳光透过大大的窗户照在了我们的周围。

---

1 英语，德语，法语，希伯来语。太好了，您真是太客气了，我很荣幸，当然不是，我想要找那个女孩。您的用人，您的女用人，她真的很漂亮，是最漂亮的，我的兄弟真的爱上了她。她就是女英雄，当代的英雄，她曾想要把你从集中营里救出来，是的，就是集中营。她曾想要帮助你们，是的，阁下，或许我也不知道，领袖。不是参谋的丈夫，这并不是原因，当然不是，我能在我兄弟的记忆中看到她。当然，当然不是，她肯定是忘记了，一定是的，如果可以的话，我想请求您，非常感谢。
2 位于巴西，科帕卡巴纳海滩被称为世界上最有名的海滩。

作为母亲，她算是一个上了岁数的女人，很温柔也很严厉，当然也有些爱唠叨。她穿着一件优雅的连衣裙，和往常一样化了淡妆。这位父亲看起来却很年轻，还和儿媳妇开着玩笑，这位美丽的、常人触碰不到的美丽女人就像是在演戏一样，被其他人的复杂情感所吓到了。

女同志"T"在整点时出现了，当门打开的时候，她勉强微笑着递出一捧红色的康乃馨。

虽然人已经在60岁这个坎上，但她却穿得很精致。她做了头发，涂了口红，虽然这造型显得并不是很适合她，她颇有些尴尬地把包放在了椅子的旁边。

这是她第一次来到这对年轻人的家里，在带她参观了家里以后，她转过来身子开心地笑了。是的，这个房子很漂亮，你们也很幸运，现在可不会再给你们这种两居室的房子了，规定早就变了。你们相处得愉快就好，新娘很漂亮，而且她的眼睛是蓝色的，我看到了你妻子的眼睛还是蓝色的……

她很大声却慢条斯理地说着过时的方言，她总是用手去扶正那只浑浊小镜片的眼镜，然而这副眼镜和她的脸型并不太般配。

有人给上了咖啡，然而女同志"T"并不能喝咖啡，她说："我已经住院两周了，所有的医生都想要治好我这爱哭的毛病，可我总是爱哭，不管是遇上什么样的小事儿我都爱哭。你们也知道，瓦列留他总是不在，只有莱蒂茨娅照顾我，好在她又乖又善解人意。说着她伸出了粗厚的大手，摸着她右边这位瘦小姑娘的头发和小脸蛋。莱蒂茨娅梳着一个好像是非洲风格的发髻，还编了很多的小辫儿。她的眼睛很小，也很敏锐，她那又长又锋利的指甲涂的是绿色的指甲油，是光亮又野蛮的绿色。"

女同志"T"尝了甜面包,她还对果酱赞不绝口。又到了妈妈讲以前的故事的时候了:以前玛丽亚什么都会做,腌菜、果酱、罐头,家务也做得很好,玛丽亚每天做的饭都丰盛得像过节一样。她总会给餐桌铺上白白的桌布,就像雪一样的白,还有餐具、杯子、餐巾纸,当然还有令人欢愉的美味佳肴……

当女同志"T"面对这温柔的回忆时,仅仅挤出了一个模糊的微笑,她的话又转回到了当前:物价上涨、悲惨的诊所、能源危机、货币危机、道德危机、畏惧、蛊惑人心、神经质、无趣、谣言四起、恐怖、结巴、灾祸、耶稣、圣家族、亲戚、佣人、寒冷、黑暗、奢侈的肉食、拆除、审查、报纸、电视上的演讲……虽然已经过去了很多年,结果却还是疾病与烦恼,然而情感并没有随之一起变老,要知道,现在的年轻人总是会问从前是怎样的,你那时是什么样子的,你看到我们都说了什么,我们回来你是怎么招待我们的,等等。

她又转向了这位曾经的小孩子,我没有在听她讲话,我只看到了这位女客人苍白的脸庞以及她的哭号。

这是模模糊糊的系列:玛丽亚身旁的摄影师,正摸着男孩金黄色的头发,嘴里向这位美丽女人嘟囔着什么奇怪的话,时不时还想抓住她的手。男孩坐在高高的椅子上面,拍了一张照片,又拍了一张,夸张的动作,不幸的男人,她是这么说的,一个不幸的男人每天都在等着开门,好让你们给他带来些阳光。这个做着夸张动作的孩子以后将会成为电影明星,他总是让这位小英雄变换着姿势。我会把你的照片寄给好莱坞的,小孩儿,你会变得有名气的,我们这个穷苦的集市也会变得有名气的,可怜的巴尔特会变得富有,他会给玛丽亚穿金戴银,他也不会再笑话我了,我们要一起看看这些会带给我们好运的照片。这些照片是我的幸运所在,每一天都是,直到这位美丽的女人不再笑话我的疯狂。

夜晚散发着一股神秘的芳香,而这时,在房子的周围有一辆军用摩托车隆隆作响。父亲母亲笑了,玛丽亚也笑了,她躲藏了起来以免被那位军官找到,而那位军官承诺他会放弃家庭、老婆以及部队,只要这位美丽的女人能和他一起,能关心他的痛苦以及他那身珍贵的军装就行。

黑棕绿色的畏惧,站台上弥漫的烟雾,好几车厢的牲畜正是还给那些畜性的。母亲、父亲、祖父母、男孩,他们一个挨着另一个。玛丽亚的喊叫声,从站台的一头传到了另一头。车厢、士兵、叹息声、叫喊声。地狱的大门一个接着一个地打开了,在这个好莱坞的门童面前打开了。在站台上的喊叫声从这头传到了那头,越来越远,就像从前那样。

军用摩托车有节奏的声响使得黄昏都泛起了旋涡,集中营、岗亭、夜晚的迷雾还有低语声:"玛丽亚,玛丽亚,玛丽亚,玛丽亚来了!"这位美丽的女士站在了军用岗亭的面前,给父母和祖父母带来的大皮箱子,还活着,他们都还活着,她流下了眼泪,还有给这位好莱坞小男孩带的礼物,还有给掉入闪电战大坑的摄影师的礼物,而他正站在其他的这些贫穷的、毫无希望的异教徒们身旁。

当然,还有以下的如此往复:玛丽亚,女同志"T"和男同志"T"这战后喜庆的一对,在这应许之地般的站台上迎接着这些幸存下来的人们,这些皑皑白骨,还有那些没想到自己还能回来的、而又毫无荣誉可言的主角。不要一直再提起过去了!光明、未来、正义,这座城市的党总书记"T"同志是这样许诺的,在代表胜利的雕塑前,劈开满是杀戮鲜血的、被打败的红海,两千多年以来这一直在发生着,玛丽亚、奇迹、弥赛亚、应许的天堂。

以及,还有:祖父是个书商,留着大胡子。过去的事情是这样的,这个严守教规又有趣的人,从村子里穷苦的农民那里收养了这个女孩、孤儿。他把她视作自己的女儿,或是视作自己女儿的姐妹,总之他很喜爱她,因为早产的缘故她长得十分瘦弱。圣家族,在黑死病暴发之前,当玛丽亚独自去面对草原,她身上背着吃的、衣服还有给敬爱祖父带的药。一声"安息吧"献给他的爱女,也献给好莱坞那位瘦小的演员,让我们都安息吧,就像这五月的气息。她奇迹般地从那些刽子手的面前逃脱,而他们断定她曾对受迫害的人们施以援助,断定她背叛了祖国、民族和信仰。是奇迹把她带到了这些幸存者的面前,让她在之后历经了煽动的猛烈以及战后的虚伪。

巨大而通风的车厢装着玻璃门,里面就像是春天一样,有窗户、地毯,还有雪白的桌布。母亲、父亲、玛丽亚还有一个新来的女演员莱蒂茨娅,她那绿色的爪子就像是绿色的长矛,闪烁着光亮。多彩的车厢里香气四溢、昏昏沉沉,过去的过去,一点一点被红色康乃馨般的剧毒所吞噬,这是春天的对话,最后一个拥抱。

巨大花朵的火焰,就像突然自杀一般的红色。这个孤儿女孩眼神中那锐利的绿色,以及一些模糊、神秘的可怕阴影,当你走向它时总会迷失、坍塌,这是我们的问题与失败的神经质。

这位西方摄影师巴尔特先生,是以前的摄影师巴尔特霍夫先生的兄弟,他来到这里说这说那,这让他想起了他始终想要忘记的那段时光。

现在是另一个星期日了,是另一个春天了,又过了几个月或是几年。我们不再住有大房间的房子了,市长同志把他的前妻安排在了那里，就是那个著名的手球运动员。

在这个总是被来自一楼餐厅的苍蝇所攻击的房间里，也总是被大街上的汽车震得摇动，然而房间中却照射进了少年时代清晨的阳光。疯癫而狡猾的时刻，看不见的小小魔鬼的叹息，就在时间的角落或孔洞之中。

在这个令人沉醉的清晨，那对虔诚信仰上帝的父母并没有在这里，同样信仰上帝与仁爱的妻子也没有在这里，过于虔诚的标准与理想是可以被忽略的。我问了莱蒂茨娅关于总是围绕在她身旁的那些关注，也就是说那位游客的世界语，关于用在她这只小猫咪身上的、外汇兑换的种种策略。这是这位满身恶习的老人的殷勤：香烟、美酒、袜子、裙子、女式衬衣、香水。这是青少年的等待：轻便的小尾巴，也多少有那么一点恶习，不过没有关系，她已经准备好在她的猎物周围发情，以榨干她的猎物直至高潮。

慢慢地，我们会想起姨母、母亲还有教母：女同志，她们是这样叫她的。我们说起了她对那只领养的小猫咪的关心与照料，一步又一步、一晚又一晚、一次又一次的伤害，直到不再有任何的伤害；女同志"T"就这样突然地熄火了，所有人都没有想到……也恰恰是那时，所有的烦恼也都平息了。

春天的鸟鸣以及清晨的干扰会突然指引出答案、奥秘以及钥匙，又有谁会知道呢，我们怎么叫它都行。我明白了，或许最终，是什么将他们联合起来也会是什么将他们分开，虔诚信仰上帝的父母和女同志"T"，还有一些人和另外一些人。在荒凉的房间里，当前的嘈杂声，还有繁杂的电码在听筒中嘀嘀嗒嗒的声音。

电话本应该响起，并不存在一个所谓不恰当的时间，我最终用爪子撕开了这腐烂的、老旧的，又如此多无用犹豫的表皮。无精打采的一天就像一束慵懒的阳光，一个像囚笼的房间，和别的任何一间房间都一样得好……

桌子上堆满了成卷的草稿纸：未解开的方程式写了一列又一列，信息、目标以及还没有解开的谜底，那些已知的、可能的、正在寻找答案的，如此多函数的假设同样在继续着，不确定的准时的光亮，很难被截留下来。秘密、过去、未来，都存在于当前的时间漏斗之中。时间的公式、张量、矩阵，或者谁知还有其他什么无法破译的前提……

这些文件都被称之为过去，也就是说它都知道些什么：年轻的男同志"T"只不过是一个英俊的马车夫，或者说他需要显得这样，坐在这浪漫马车的破座位上。在"S"火车站的后面，当玛丽亚第一次看到他的时候，她走向了他，他似乎还有些害羞，毕竟她看起来是真的很漂亮。她迈着小小的步伐，心里还有些犹豫，沉重靴子的鞋尖十分锋利，她那蓝色的眼睛看得也很广阔。没过一年他们就结婚了！又没过一年就又发生了些什么，总之接下来就一直是这个样子。男同志"T"问她的父亲是否和我们一起参加这最后的斗争。历史的车轮滚滚向前，资本主义的掘墓人要将旧世界打个落花流水，几步向前又会几步向后，我们团结起来到明天，攥成一个拳头直到永远。就在我们这个小城市里，父亲被这位一号同志转变了观念！现在已经可以完全地信任这位美丽仙女的丈夫了。未来将能够看到的，我们这座小城又老又脏的墙上会贴上红色的大标语。（19）45、46、47年的幻影，满腔的热血已经沸腾，要为真理而斗争，在这坚不可摧、暗无天日的集中营里将升起光明。[1]

---

[1] 本段落原文引用了《国际歌》歌词。

女同志和男同志"T"搬去了首都，关于他们的消息与寒冷的暴风雨一同到来了，就像是颇有节奏的行军，渴望幻想的诗意人民，将彻底变成工人阶级，最为值钱的资本，每个人都追求着他们的工作与谎言、所分配的自由和童年的疾病，还有黄金的美梦……总之还有些什么，永久的却来不及获得的东西。

他们听到些消息，相互传言并想象得到对于女同志"T"来说不能生孩子则意味着什么。

已知的信息不断地膨胀并弄乱了铺在桌子上的文件，钥匙、答案、真相可能都有着童话般不同的改编版本，都会变得不那么质朴，总是在折磨着战后的睡眠。因此：一个英俊的年轻男人，他对于过去和弱点冷血而无情，但对葡萄酒和小孩子却很宽容，永远不会吝啬他的玩笑与金钱。他爬上了很高的社会阶层，如临深渊般以避免掉进因反对阴谋而偏离方向的陷阱。他度过了为争取斗争与阶级而面对敌人磨刀霍霍的阶段，他及时地估计了至少有百分之五的批评是公正的，当过错增长到了一定的比重，少数就要服从多数，从上面传达下来的决定是所有人都必须要执行的。因此：男同志"T"还活着，每个人的存活与否都仰仗着幸运与策略。革命的训练和视察任务，被他通过葡萄酒的欢快，还有经常去拜访孤儿院的做法给平衡了。他总是能在他的队列面前，在那一列列的脑袋面前一动不动地站上好几个小时。

关于美丽妻子的消息越来越少，他也不再去朝拜那位美丽的仙女了。女人、男人、小孩子们，所有童话中的形象，都知道了这位美丽的女人失去了神的庇佑。当母亲去阻止并营救那位作为百分之五而又有罪的被告父亲时，身心俱疲的女同志也只不过提供了些苍白的建议和无力的爱抚。疾病、伤痛、憎恶、畏惧、监禁……那时的她连自己都需要一个奇迹，母亲是这样讲的。

我们所知道的，所讲给我们听的，还有我们所不知道的……说出了这模糊的回答。真相———一个适时的假设——相对的逼真……由于悲伤和痛苦，还有其他的什么永远在重复的、却不拥有姓名的东西，令她的脸庞变得消瘦，蓝色的眼睛泛着光亮。边境的站台，从地狱里回来，满是皱纹的大手一遍遍地搓揉着厨房的桌布，当我这个学生出现的时候，她突然有了关于祖父的"真正"记忆。沉默与暴风雪持续了几分钟，直到玛丽亚明白了这个狂热的青少年想要知道这真相中的真相，关于父亲、母亲、祖父、集中营、重生、谎言、寒冷、旗帜、歌曲、面具……真相、真相、真相，这些词汇都太大了，亲爱的，我们要避开这些词，也要让这些词远离我们……令人敬仰的、前所未有的祖父，把我带到了他女儿的身边。你那挥霍浪费又神经质的母亲，还有她那节制的丈夫，为了你把我这个好莱坞演员都给带来了，为了你们我穿越荒漠，我也只有你们了。他们想要把我送上军事法庭给枪毙了，我从来都没有这样开心过。这是个秘密，亲爱的，我只告诉你，你不要告诉别人，一切都不会再像那时一样了。要是能够重新开始的话，我也一定会完全不一样的……

也没有什么的，她用手紧了紧她那花白又厚重的发髻，又试着用左手抚摸着年轻人汗涔涔的脸庞，这位年轻人在这炎热的夏夜带来了令她开心的消息。如果她人好又长得漂亮，并且你们还很相爱，当然我也会很开心的。长得漂亮，有蓝色的眼睛，人又很好，就应该这样，女同志无力地叹了口气。

她没有办法再重新开始了吗？她的手里抱着一团不知死活的小生命，那是男同志"T"从那趟奇怪的旅途给带回来的。称之为人的噩梦以及历史的噩梦都写在了这个小孤儿的脸上：脓疮、伤口还有湿疹。可能都不是从孤儿院带来的，而是不知道从哪条街上捡来的，女同志喃喃自语，她用这愁苦的瘦弱折磨着我，直到我看到她站了起来，之后，她似乎只想要玩耍或是骗人。再之后，安静了，一切都安静了下来，瓦列留也平静了下来，我搞定了，莱蒂茨娅是留给我的小心肝，她就像在一个房间里两面肮脏墙面的中间部分……这个小野种有着条件反射一般的卑微，有着适应当前的本能，总之就是十分卑微。

我们无法复活任何东西，一切都将被浪费、被吞噬。在狭小又多疾当前，我们如此多地失去了联系的编码，我们都已无法掌控。

我看着我面前空空的椅子，我随时都能再次看到这位已经不在了的女人，还有她那笨重的身躯。我能看到那颤抖着的、厚实又粗糙的手，一杯矿泉水握在右手的手掌中。我的眼睛跟随着皱纹、抽畜、结巴，我感到一阵畏惧的悸动，我辨别出了那双疲惫的、水汪汪的蓝眼睛正藏在眼镜的昏暗镜片下面。

这并非一个手段或是诡计，这只不过是一个缓和而又熟悉的解决办法，以引起当前的反应，这一刻的爆炸也正是我自己。

她的手在颤抖，加之杯子微微的颤抖也并没有阻止我发现她那粗粗的血管、发黄又粗糙的皮肤，她的脸颊以及又粗又皱的脖子也是一样。我知道，她处于这致命动作的初期。

平和的悖论，平息、平缓、安静的状态？在最后的几年里她住在一所舒适的公寓里，装修也颇有品位，而装修的过程也令她很开心。她有了丈夫、小孩、小狗、电视、电话，还有汽车和各式各样的家电。她的病似乎痊愈也有一段时间了，这也让她活泼了许多。瓦列留待在家里的时间也越来越长了，莱蒂茨娅也只有个别晚上不在家，他们俩都能挣钱，他们俩也都很开心。她的生活也差不多一切正常，疲惫也终于通过这些年获得了缓解与忍耐。

奇怪事情发生的那一天晴朗而平静，思绪迷失了，似乎永久地远去了。

微风就像是遇见了她，她总是时不时地微笑起来，她的眼神发亮，她没有发现在她的面前正是好莱坞的这位蹩脚小演员，正惊愕地看着她手中的杯子，而杯子还在抖动。

正如莱蒂茨娅给我讲的，她的手中是一只盛有矿泉水的普通杯子。她将要把手里攥着的一把药片放入这盛满矿泉水而非自来水的杯子里。

这同样的终场短剧、同样可笑的细节上演了一百遍：矿泉水！放手，攥紧的拳头在杯子的上方张开……突然就失去了联系，还存在着一些永恒的东西，不可能再停下来了吗？

这位老妇人突然变得年轻，然后又变老，之后再次变得年轻，又再一次变老。独自一人，完全是一个人，她是世界的中心，和无法触碰到她的那位老小孩仅有一步之遥。

幻觉在一天的无尽之中常常再次出现。

传递给她的目光变得有富有生气与活力，那双老手的颤抖、平静、神秘，还存在着些永恒的东西，触不可及，在这手的动作间，在这能救人且没有颜色的一口水中，死亡将会释放。

生存还是死亡，不过最终它们也都是一起的。汇聚的、见证的一瞬间，仅仅是一瞬间。最终，还是彻彻底底地爆炸了。

十月，八点钟

  我从一个摊位前路过，离她有一步左右的距离。女人走在前面，她突然停下了脚步，而在她左边的男人也放慢了脚步。
  亮闪闪的膝盖颇有节奏地抖动着：她的红色披肩敞开并晃动着，她那修长的双腿很舒展地行进着。鞋跟击打着地面，她那摇摆的身体，被每一次鞋跟与地面的触碰所撞击到，被这有力的步伐所冲击到。
  男人也继续慢吞吞地向前走着，但和她始终都保持着一步的距离。
  巨大的、像是刷了油漆的甜椒堆成了金字塔的模样。可以看到成堆的青椒和西红柿，还有那位农民黑黑的袖子。成筐的黄苹果就像是柠檬一样，秤上放了许多紫色的李子。她俯下身子，她的披肩垂在了一堆胡萝卜的上方。在一块又一块白色奶酪的周围，是白色的柜台和白色的工作服：湿湿的手指有些发红，手上还有些白色的小点，他们看起来很狡猾也很风趣，当然话也很多。他们在秤的周围转来转去，他们的指关节都很粗大。一颗硕大的珊瑚球，就好像是火星人的脑瘤子：原来是一颗颗花菜。一袋袋满是灰尘的土豆旁边，穿梭着一只又一只阴郁的鞋子。一张白白胖胖的脸庞出现在了一堆糙梨的上方，这些梨都裹着沉默的、土灰色的包装纸。嘈杂声似乎因为这些光亮的绿棚子而有所减弱，每个摊位的方桌上方都覆盖着这么一顶。模糊而泛绿的光线看上去好像很多汁，照在那些湿湿的黄南瓜上，露出来的南瓜子就像是牙齿一样，这些切开了的南瓜也因此就像是在冲着你狞笑。

在前一天，也就是在纪念日的这一天，时间似乎过得极为缓慢，他始终在拖延着，全然对纪念日只字不提。直到夜晚很晚的时候，他突然扭过身来，看向了她那因长久等待而变得冰冷的眼神，而他颤抖又嘶哑的声音充斥了整个房间——友谊、疲劳、温柔、情感的交易……

她蓝色的眼神就像是复活了，眼泪像是露水一般在眼眶里打转。他们之间的纽带十分脆弱，如此苦痛的爱情还是会一直持续下去，还是会保持一如既往的稳定，也正因为这爱情痛苦而没有期限，虽然它看起来变化多端……他的回答有些含糊其词，又过了一段时间，他承认了自己的过错。

他们靠近了，放弃了过分的强硬与拖延，他们重新找回了狂热的专注。曾经的迫不及待令他们如火中烧，他们似乎又看到了曾经的自己：轰烈、冲动、娇柔。

他们关了灯之后又打开了灯，他们无法忍受房间中如此深沉的黑暗。这份沉重的情感令他变得脆弱，一阵担心也再次到来，他听着她那颤抖而温暖的声音。

他们俩就像是两个孤儿，她这样说道……就像是两个奇怪的孤儿，被丢弃在这个荒芜的大世界中，他们绝望地走到了一起，只能互相保护着……每当其中一个跌倒的时候，另一个就要在很短的时间内扛起一切，之后的角色也常会互换，两人就像是两个爱逞强的小孩子。

他们又一次关上了灯，又再一次地打开了。她的话语就像是给他那冰冷而疲惫的胳膊拷上了枷锁，他们辗转反侧一直到了早上，两人都因为紧张和失眠而头晕目眩。

走在清晨的大街上，一周最后的寒冷像是在追逐着他们，他们惊诧于这星期日的荒芜。灰蒙蒙的冷天气，微弱的阳光还有嘈杂的市场：听得见交头接耳的声音，核桃皮扔进袋子里的声音，撕白菜叶子的咯吱响声就像是在搓揉上了浆的衬衣，用冰凉的斧子劈开南瓜厚皮的声音，看得见各式各样的披肩和帽子，还有一张张冻得像姜饼一样的脸庞。

他们从这个嘈杂的市场里走了出来，女人一步在前，男人紧了紧灰色外套领子上的那条黑绿红方格图案的围巾。他踏上了潮湿的人行道，走在这安静的斜坡街道上。

女人把手贴在了冰冷的墙面上，她的手纤细而白嫩，修长的指甲是珍珠的颜色。他们在一个无人的街角站住了，她柔软肩膀下的双手抱紧了毛绒绒的披肩，嘴里的哈气穿过颧骨、眼窝，还穿过轻微跳动的太阳穴。她没有去看身边同行的这位，她的眼睛看向了别处。

她露出了那双湿润而清澈的蓝眼睛，她用手扶着冰冷而肮脏的灰墙面，离男人那张肿胀而又满是胡茬的脸庞尚有一臂的距离。她那双受伤的眼睛像是在云朵的深处，像是蓝色的湖面，然而他的神情却没有任何反应。

"我以前是一个体弱多病又孤独的小孩子，一个毫无力气的小孩子……"过了一会儿，她开口说到，她的声音有些支离破碎。说话的时候，她发白的唇边升起了一小团哈气。

　　男人稍稍转过些身来，他尝试着忘记她那被不安所唤醒的美丽。锋利而咄咄逼人的光亮，让他想起了那个令人胆寒且不想再回忆起的夜晚。他希望这些话在说出口的这一刻就消失殆尽，或是被他根本就不存在的身体护甲所弹开，不过这个中年人确实有些乏味与冷漠。他看着这肮脏的墙面，墙后面是一片游乐场地，里面还有跷跷板。

　　在灰色、血红色的墙面上有些许黑色的印迹，还有腐烂的斑点。这个游乐的场地很窄，夯实的地面，各式的小石头随意地摆放着，小土丘上面的草长得稀疏又干枯，颜色就像是生了锈的铜绿……也的确，她那又长又干枯的头发，在一天伊始的金黄光亮下也显出了铜绿的颜色。

　　一块红色的长木板一上一下地摆动着，中间安在一个木头桩子上，一上一下发出砰砰的响声……旁边是一个废弃了的秋千的铁架子，一看就是临时拼凑的，粗粗的铁管僵直地插在地里，横梁上的铁链子上挂着两个不成套的座位：其中一个长一些，而另外一个又小又窄，是给小孩儿坐的。

　　一个小女孩犹犹豫豫地靠近了秋千，是个乡下的小女孩，16岁左右。她黑色的眼睛里充满了清晨的喜悦，一块黑色的方头巾下是她光滑的额头。

　　她放下了她的双层背囊，干裂的树干旁边是两座小驼峰。她挺直了臂膀，一只手叉在腰上，带花儿的黄裙子下面是一条蓝色的运动裤。湿湿粉粉的嘴唇因为劳累而有些发肿，又弯又长的睫毛根根挺立。她站在了那个较大座位的旁边，她系好了自己的腰带，又扣上了腰带扣，能看到她粗粗的手指有些发青，然后她又用手抓紧了生锈的铁链子。

"如果这些话不那么夸张的话，如果这些话不那么令人难以置信、不像是耍花招的话……相信我，随着年龄的增长我还是会变年轻的。直到现在我才真正地明白了，我明白了这些天这所发生的一切力量、负重还有紧张。我接受了她的笑声，这笑声不会再像以前那样吓到我了，当然快乐也不会，这游戏的残忍以及言语的装载也不会，以及那些含糊其词的话语，就像是被某种虚无的魔法所驱动着……"

小女孩坐在秋千上来回晃动着，她看着周围升起的墙面。她发现了这一对，那个男人一直在看着她，眼睛都没眨一下。

她暴露在他颇有些紧张的注视下：她既好奇又平静，很开心能够享受这段空闲还有这凉爽的天气。她那颗蓬乱的脑袋仍然低着，不知道她在看什么。每当秋千的座椅再次回到地面，她仅仅看了他一眼，而后又看了他一眼，就那么一瞬间，小女孩升了起来又落了下去，她在那两人的上方来回地飞舞着，在冰冷的地面上方呆呆地坐着。

"现在我觉得我拥有了更多的力量，我觉得我现在应该可以尝试做到……"

这些话语轻轻地飞舞着，飞翔的快乐会让他们有更多的变化，天空的花环，绶带，有看不见的昆虫围绕着的云彩，越来越多，极乐世界、紧绷、荼毒、愁苦以及无拘无束的思乡之情，直到虚无都极大地饱和，渐黑的天空使之变得浓稠、发酵，因太多太小的碎屑而窒息，变成密实的叠加……然而男人却转过了身去，满怀期待地看到了她蓝色的眼睛，他把自己冰凉的手掌放在了她又干又光滑、珍珠颜色指甲的手指上，女人也冲他笑了。

"已经在一起这么多年了，昨天是我们的纪念日，真的是不敢相信，时间过得这么快……将来我们也还要过很多个纪念日。机会、礼物……生命的动力，活下去的快乐与力量，生命的力量，也就是说……要让它抓住我们，我们也要再次找到它。两个抱团取暖的孤儿，一同躲避着恐惧与荒芜。"

他温柔地让她转过身来，上下摇摆着的秋千发出摆锤一样的吱呀响声，一上一下，一上又一下，小女孩的黑眼睛升起又落下，充满了新一天的激情，上下来回摆动着，运动裤中的双腿也随着座椅的升起落下而上下摆动着。

"现在，所有的快乐都会到来，而我现在面对它时也浑身充满了力量，也许我面对苦难时也都是一样的吧。"

两人都沉默了，他们看着她：她上下摇摆着，心无旁骛，心不在焉。男人的下巴因为寒冷而有些颤抖，他闭紧了双唇，他的五指紧扣着女人的五指。

他们和解了：灰色的墙面，腐烂的斑点。摆锤向前，又向后：再一次，摇篮、小女孩、清晨的寒冷、吱呀作响的铁链、一上、一下、一上，水晶般的天空像是冻了起来。

金黄的头发就像是有些许铜锈、红色的披肩。没有人能够中断星星的闪烁，中断这永无止境的运动，中断真理的平静以及内心的悲伤。蓝色的眼泪，吱呀作响的、颇有耐心的秋千：模糊不清而又不透光的天空，男人的五指握紧了这一把又细又长的骨头，他那害怕的面容再次变得紧张而有力。在他们的背后，听到了越来越多的脚步声，这条大街醒了过来，迫不及待而又充满敌意。这份宁静又摇摆了那么一会儿，然后便再也触碰不到了。

儿童乐园

一位英俊而懂礼节的先生最近几年总是宣称自己不行了……他看起来要比同样年纪的人更年轻，而且看上去也算是身强力壮。尽管他心中的不满与其他人相比也并没有什么不同，但他还是翻来覆去地说自己很疲惫，已经无力再反抗了。

他脸上的皮肤白皙而细嫩，柔软的脖颈，纤细的小手保养得很好……

他说起话来很着急，有时候他的声音会突然熄灭或枯竭。不行了，这样肯定是不行了……然而究竟是什么不行了，他觉得自己也没必要去解释，反正貌似所有人也都知道他说的是什么。

有时候，他会胡言乱语地咕哝着些什么：愿望、护身符、使命、赌注、替换……没有人知道他想要说什么，他也从来不会给出更为详尽的解释。在这一刻，在他自言自语的时候确实显得他有些年长。朋友们已经渐渐习惯了他的古怪，直到最近一段时间他都与众人疏远，并且显得很不起眼，突然间他就无法控制住自己，突然就变得很令人狐疑，独自哀叹着不知是什么的密语。

他们不敢再给他那些老旧的劝告：诸如爱情、运动、旅行、药品。这是结束欺骗的拖延与恢复吗？也就是说像以前那样我们可以说走就走，随便就能登上去往壮丽的环礁湖的火车！很久没有这样过了，那些赶上这些正常特权的人，有足够的时间去忘记如此的奇迹。

然而，突然传来一个似乎不那么真实的消息：护照！现在当局还上演着这种厚颜无耻以寻人开心吗……

当然也就听到了这个而已：所有人都不要去火车站！在今天，不到最后一刻你都不会是一个人的！幸运不应该被节日情感的吵闹给搅和了，总之：所有人都不要去火车站！情绪、手段、迷信？这些都不重要，要是某个天真的人相信这样能确保他幸运的话，那么任何种类的夸张都将是被允许的。

期待已久的星期日到来了，下雨的冬日，一片漆黑，就像是得了风湿病一样。肮脏的人行道，路面的影子在瑟瑟发抖。

这位朋友在两个巨大的、塞满了箱子的周围喘着粗气。真是个奇怪的同行人！这个杰出的失败者曾经拥有过20多年的特权。在市中心的地下，接待最为奇怪的明星的到访，你不会明白的，尽管在如此破旧的鸟笼里，为什么能滋生如此多的流言蜚语。这个波西米亚人就是在这样一个昏暗的木偶剧院里挣得了每天的面包钱，这个剧院不知是由一个合作社，还是一个残疾人俱乐部所资助的，也不知道究竟是哪个资助的。这个胡子拉碴的男人口齿有些不清，动作也有些笨拙，但是他还是有自己的名望所在：演讲。他还能搞来那些根本就弄不到的书籍，而且只有在他那里才有。如果你有足够的耐心，或是和他能建立稳定的关系，最终你也能了解当前的那些知名人物，或是最近几天将要发生的事件，以及幕后的一些秘密，这可谓是一种珍稀的补充服务，这个不三不四的人在这方面可是极为专业的。那些不常见的书籍，他很快就能给你搞到手，他手里还总是有上好的葡萄酒。真是令人费解！一个怯懦的穷光蛋，却能搞到上流社会的葡萄酒。当然令人费解的还有其他的秘密，这给偶然与冒险的神秘更增添了一份光环。这个波西米亚人值得令人怀疑，因为你也不知道他究竟是服务于谁。

这位旅行者弯腰看向了他这位冻得发抖的朋友，他就好像是正在给他传递着某种黑暗冒险的特殊密码。

家人们正安静地吃着晚饭，儿子去工厂了。老人们听着一个刚从印度回来的客人讲述着他的经历，故事诸如猴子的手掌其实是干巴巴的，某个印度的护身符能够实现三个愿望……主人也想要试一试。第一个愿望：200里拉[1]！他想要200里拉！很快，一个负责社会保险的工作人员就敲开了门，他一脸的严肃，面色还有些难堪，他声称他们的儿子恰好死在了一场事故里，社会保险会给他的家庭提供200里拉的抚恤金。父母像是发了疯一般地想要儿子回来，他们再次许愿想要儿子复活。外面变得越发漆黑，狂风大作。门又一次被敲开了，轰隆一声，是儿子的鬼魂回来了！儿子的鬼魂就站在门前！最后，他不得不说出了第三个愿望：让这个鬼魂赶紧消失。

由于没有给出明确的、字面的、公式化的预言，这也就导致了不幸的降临。赌注只遵循公式化的要求，同时它也会保留具体的自由度。

他裹紧了身上这件又短又薄的绿色外衣，同行的人都默不作

---

[1] 货币单位。

声,被当作如此重要的、在出发时唯一的目击者,他似乎感到有些拘谨。

这位乘客正在整理着自己的行李,而他的朋友正百无聊赖地盯着他。一旦过了某个特定的年纪以后,身上也大概就只剩下为数不多的优点了。喝醉了的儿子、拐杖、报纸的边框、药片、忧伤的狗、手提箱、祖父、窗台、甘蓝,过了某个特定的年纪以后,你便可以什么都是了。

同行的人下了车厢,那位乘客站在车厢的台阶上看着他,窄窄的面颊,胡子刚刚刮过,脸上还有很多的小红点儿。

"你会抓住岸边的,你会看到的,人类真的是天真而贪婪的吗?是的,但是人类也是不会同意永远被压迫的。那些马戏演员们会输的,你会看到的。"盯着他的人咕哝到。他系紧了外衣的带子,把一顶旧帽子戴在了他的秃头上,他不知道该把那两只红色的、关节粗大的手放在哪里,同时他也没有找到合适的回答:"人类也会重新定义究竟什么是正常,你会看到的……"

这一刻像是被绊倒了一样,同行人的心乱如麻,还有这位乘客虚假的快乐,如此多偏离的模糊记忆并不在同一个节奏上,乏味的怀疑就蜷缩在疲惫的上面。

瞪大的眼睛,厚实而干裂的嘴唇,胳膊像是喝醉似的摇摆了起来。额头上流淌着汗珠,太阳穴上长着些小雀斑,额头上的皱纹似乎是某种神秘的标志。

这位朋友压了压自己红黑色的帽子,给了他最后一个拥抱。"忘掉留在这里的一切吧,开心地忘掉吧……"说着他压低了眼神,湿润的手掌滑到了这位旅行者的脖子上。

火车飞速地向前行驶着，而在后面是凝滞了的黄昏。疲劳又可怜的小白鼠，你很难适应跟随着那些十分严肃的人，还有他们的宽容与忍让，他们白天黑夜都观察着你的冒失与鲁莽。

在背后，在周围，到处都是冷冰冰的眼睛在观察着你的表情、动作、言语、犹豫、举止、冒失。我还是走了！火车野蛮而迅速地吞噬了时间与车站。

时间与车站，一个人在火车的包房里。车票没有问题，是坐在了指定的座位上，并没有发现有什么不对劲。背包一个摞着一个，里面装满了罐头和烟酒。这位旅行者不可以拥有钱，任何种类的钱都不可以。他所住的地方、所吃的东西都需要自己解决。他不被允许拥有食物、酒水、珠宝、艺术作品、武器、秘密文件、未出版的手稿、易燃物品、有毒物品、毒品、军事地图、祭祀用品。他的背包里装满了罐头和烟酒，否则就不能……就要承担风险。每通过一个新的信号灯时，我都用手摸着衣服兜里的护照。

乘警没有出现，另外一个乘客也没有出现。你也不知道这是否意味着什么：你随时都会被抓到的，你也不会察觉任何的提醒。

乘警会长时间地看着每一个背包、面容以及可疑的文件。我可能会笑，会颤抖，或是会反抗？

一个小孩子怎么能有珠宝、貂皮和酒呢？不，不可能，我不会运送画、秘密照片、文件或是密码，根本就不会的，把所有的玩具都留在家里吧。我明白命令，我一直是个听话而遵守纪律的学生。我哭号着，这样确实显得笨拙、腐烂而阴郁，但我同样是肉眼可见的虚弱，就像是父母的独生子，因溺爱而任性。抹布，对对，又软又湿的抹布，感觉好像就要开线了。沉重的背包，我确定，背包里装的是吃的穿的、汽水、香肠、罐头、维他命、围巾、奶瓶、都是通过地下途径天价搞来的，我们准备了贿赂乘警的小费，当然我们也想到了他。

我们把票递给了这位大胡子的男人，他看起来也没那么可怕，不过就是个可怜的小公务员罢了，他厌烦这辆火车，也厌烦自己嘴角的溃疡。

他会盘查这些背包，也会盘问这位可敬的逃兵要去看谁，谁在火车站等他之类的。而在另外一个火车站，在那里他结识了那些优雅的间谍，他们在那里吃得很好，在那里他学习了外国的语言、举止以及密码。他讨厌我，妒忌我，把我当作敌人，反正我也搞不清楚。

他对我的车票看了又看，眼神中充满了怀疑，他根本就不相信我，他那又厚又紫的嘴唇扭曲地冷笑着。我们是同伙，我们知道对方的或是所有人的太多东西，但同时我们又什么都不知道……盖章和签字也只有我们才会去检查，也只有我们掌握这种地下的密码。

任何一个隐蔽的交流信号都是不太愉快的！比如冲我眨下眼之类的……哎，我们知道，也就是说你，对，就是说你，亲爱的，你在会费、安排、后门、肮脏、贩卖、买入、背叛等方面都花了不少钱，太棒了先生，给您鞠躬，少爷。就这么推我一下，或是弹个脑崩儿……哎，我们了解你们，我们知道如何获得偏袒……他把车票放在了床边的小桌上并很长时间地看着我，他的眼神很黑，也显得很疲惫。"证件！"他伸出手来命令道，"证件！护照！"

啊，这是……我忘了，对对，我给忘了，护照掉在座位上了，在这里，给您，在这里，全都是正常的！

一页一页，一句一句仔细地看着，他不时停下来，满脸怀疑地检查着。

哎，对了，确实有一个小小的，特别小的一处不太合理的地方，不过这完全不重要……照片照得太着急了，那个星期六照相的人特别多，摄影师都顾不上他的顾客，我跟那个给摄影师帮忙的女人解释："我需要一张原原本本的照片。"我是这么跟她讲的，我要一张原原本本的照片，不要做任何的修改修饰。我就是这样子的，一个乖乖的小孩子，却充满着所有的可能性？我能够恢复，您也这么觉得，我还会是有机会的，对吧？

那个帮摄影师收钱的女人看起来人不错，但她也很忙，店里人又多又拥挤，摄影师也并没有想到要接待我这样一个细致一些的活儿。这个涂着口红的胖女人倒是挺善解人意的，当她给我照片的时候，她突然想起来了我之前的要求，她这才想起来其实摄影师根本就没有理会我的要求。她像母亲一样地安慰我，尽说些骗人的话，她说这也没什么大不了的……一般来说负责检查的人都挺好说话的，而且客观地讲，这个照片也完全能用，她和我保证，跟我所要求的并没有什么差别。实际上，这张照片就跟没有修过一样，她让我不要担心。这个话痨还跟我保证，起码这个也能用，虽然也没准会出现一点点障碍，先生啊，你完全用不着担心，你要是运气好的话你想去哪里都没问题的，随便照一张脸都行，你不用太在意……我倒也没有再坚持，虽然我不太相信这个负责收钱的、可恶的、偏偏嘴又很甜的胖女人。我知道这些照片不太行，额头太宽，眼睛显得有点小，是有点太小了，脸还有些胖，有点下垂，然而头发，就是头发，我都没法说了。你再仔细看看嘴唇，嘴角还微微上扬，多少还有点看不起人的意思。而且还很傲慢，这能怎么办呢，我前几年的时候就是显得比较傲慢，唉，我也没什么办法。

这个小公务员把护照还了回来，也没打个招呼，连声再见都没说。我就这样滑稽而可笑地站在原地,手里拿着文件等着他回来,好向他解释、感谢、坦白……火车启动了,我们穿过了桥梁和森林。转动的钟表似乎摧毁了时间,过了一刻钟后又过了三刻钟,还是同样一片灰蒙蒙的黄昏,就好像我们还在原地没怎么动。

隔间里面的人多了起来,几个背着登山包和睡袋的小伙子,立马就像流星一样一头栽倒在酣睡之中。

之后的清晨,同样昏昏沉沉的光线,青紫色浸润的天空在另外一个车站上方膨胀着。通勤的人们上车下车,操着不同语言、穿着不同衣服、长着不同面容的人们,在这陌生而顽强的隔间中插上门闩。大衣、背包、帽子,是另外一些高兴的、穿着运动衣的小伙子们。他们换着车厢,他们像是要吞并了整个车厢,我边喘着粗气边拖着沉重的行李走向另外一节车厢,然后再另外一节,然后再下一节。我找到了一个空着的隔间,我成功地举起了我的红色方格背包,我把那两件重行李塞进了隔间狭小的空间里。我很累,所以就小睡了一会儿,还是同一个人,那个姗姗来迟而又爱讲故事的人把我给摇醒了,哦,原来是一群牵着军犬的边防战士,我害怕极了,当时差点要晕倒了……不过,这群人总算也过去了。

我突然感觉到门轻轻地打开了,门帘下面出现了一个金黄头发的憔悴女人,她穿着工装裤子。她的胳膊上挂着一条毛巾,她没有看到我,她把那条小小的红毛巾扔到了那堆书包上……她又把它重新拿起来,卷成了卷儿。她又大又白的手掌里攥着一个绿色的肥皂盒,这颗"手榴弹"在她的手中摇晃了那么一会儿。我没有勇气睁开眼睛,她也没有看我……我是要洗澡了吗?

当然,我洗了澡,还刷了牙并洗了脸,对了,我还好好地刮了胡子,本来就应该这样。

在女人们的面前我又开始变得活跃起来，这位穿着工装裤的、金色头发的女指导，还有母亲、女领导、岳母、女秘书，她们穿着黑色的正装，看起来似乎很严肃。她们说着关于那个亲戚的事情，她们要去参加她的葬礼。我没太在意她们那些悲痛的话语，我已然感觉到了新的震荡，就像是变换了一幅风景，就像是进入了另外一个时区。

也确实，太阳恢复了它本来的样子，一条湿湿的公路就像是用粉笔写过一样，一块绿、黑、棕色的田地在我的背后一晃而过。黄色的拖拉机，红色的耕犁，耙子的牙齿缓缓地划过地面，就在喷水车的下面。修葺一新的、色彩柔和的火车站看上去就像一些小甜饼。站台上很漂亮，站着一些看起来近乎完美的先生们。小男孩，你可要抓紧带子，集市旁的风磨会让你脑袋发晕的，你真是个晕乎乎的老小孩，你来到这包装过的天堂未免也太晚了吧。一阵柔和的、令人眩晕的微风吹来，没错，我已经感觉要晕倒了。

我不知道我们是什么时候停下来的，那女演员和老女人都消失了。现在是中午，我在一个镶了白色瓷砖的人行道上。身旁有巨大的、带花儿的双耳尖底瓮，有红色和白色的马赛克图案。推行李的小车有倾斜的扶手，就像是在和你打招呼。左手是红色的包，右手是方格图案的包。距离小车还有一步远，然后它便乖乖地动了起来，把它装满行李。在第一个柜台那里我放下了行李，然后大门便打开了。

我走在大街上，就好像是在全新的一页上闲逛着：糖果、貂皮、小本子、帽子、钢琴、桃仁蜜糖、橡皮擦。我仔细看着：火腿、汽车、电视、腰带扣、丝绸。红黄蓝色的光亮飞速地变换着，照片、橱窗、信号灯，就好像我有很多时间似的。

这扇橱窗里还有一层锡纸，过了好一会儿，我竟然斗胆走了进去。

脸蛋儿红扑扑的小孩子们正一桌一桌地服务着，来自最高审计署的先生女士们正在桌上狼吞虎咽地吃着。塑料的甜点，是彩色胶泥和有机玻璃做的。巨大的银质托盘上整齐地摆着萨瓦兰蛋糕[1]、奶油蛋糕、巴克拉瓦蜜饼[2]、巧克力蛋糕。顾客们的手都很干净，他们的眼神也很清澈，没有人弄脏自己的小嘴巴，他们的行为举止都很完美。在这间像是个暖瓶一样优雅的房间中，人们说话的声音很低。这场小型而密闭的表演，如果先生们都是裁缝、会计、伯爵，如果小女孩们都是打字员或是医生的话，你很难猜到究竟是谁，又通过什么样的方式挣得了他们的面具。

我也不知道是什么时候离开这里的，我重新回到了这12月份的大街上，我在走过了几个红绿灯之后又停了下来。

白色的墙面满是盒子和钉子，在长长的吧台上放着的是：左轮手枪、匕首、子弹、剑、步枪、小刀。这些都是可以摸的，这些可都是真东西！当然也可以买走，就像是买点心、买汽车或是其他的玩具一样。柜台后面的阿姨织着毛衣，她坐在高高的椅子上可以看到周围的一切，她看到了我并给了我一份这些商品的性能介绍，我还是不太好意思地拒绝了。我看了眼表，时间是5点半，我得赶紧去火车站倒火车了。

这位代表法律权威的骑士站在车厢台阶上把守着，他的手里很干净。我是不是还在哪里见过他？在解除武装的谈判上，在海洋权

---

[1] 一种皇冠形的蛋糕，因曾于著名的美食评论家布里尔·萨瓦兰有过一段佳话，所以以他的名字来命名。
[2] 中东各国著名甜点，由很薄的酥皮一层一层裹起烤制而成。

利的大会上，在弗朗茨·约瑟夫皇帝的加冕典礼上，在教皇的葬礼上，还是在生态学的对话上？他笑了笑并把票还给了我，哦，原来他只不过是一个乘警而已！正如你所见……

"您是波兰人吗？"他问道。

我用手擦了擦额头的汗珠。

我是否听到了波兰美少年塔奇奥[1]和一位即将死去的老学者的声音？我没时间做过多的解释，总之我不是波兰人……

"好的，我们上去吧。"这位阁下说道。

我刚弯腰准备再次拿起行李时，他的那套皇家的礼节又来了。

"您放下吧，这是我该干的，您站起来吧。"

还请原谅我的惊慌失措，我该如何告诉他我们国家的乘警都是怎样一副样子的呢？

"如果你想的话，把文件也留下来吧，到明天早晨等我们都过了边境再说，我是在哪里下车来着……应该是叫道奇宫[2]吧，那里有盛大的联欢节，还有利多岛的美丽风光。"

我又颤抖了那么一下，似乎暴露了自己。我在等着，可我在等什么呢……我得向他坦白这一切，这正是他想要的，他要让我说出关于环礁湖可怕的壮丽，关于先辈与鬼魂。

"在那个城市，如果还能称为城市的话，当然了，您是知道那里的。现在上来了各种做买卖的人，就在那边，好些个'黄鹂''歌唱家'、滑头、骗子、嫌疑人，尽是些积习难改的人。"

早晨，我又看到了这位铁路大人，他又一次鲜活地出现了，他

---

1 德国作家托马斯·曼的中篇小说《死于威尼斯》中的人物，该书讲述了中老年作家阿申巴赫沉迷于追求美少年塔奇奥，而不幸死于威尼斯的故事。
2 道奇宫最初是在9世纪时花巨资所建立的，代表当时威尼斯共和国的财富与权势。

长得很上镜，人也很受欢迎，看上去他似乎就是一位真正的总理。他把文件还给了我，拿起了我的一个包又拿起了另外一个包，他把两个包都带到了台阶上。广阔的应许之地到这里就要结束了，在未来我相信自己也能搞得定，我艰难地把两个沉重的背包拿到另外一辆火车上。

在这一天温柔的开始之时，我在一个有着枝形吊灯的城市大门前醒了过来，眼前的这幅景象，我好像在学校里学过。纪念碑、教堂、公园、码头、地铁、咖啡店、画廊、桥梁，还有洋娃娃、鞋子、上衣、手表、领带、书、香肠、自行车、珠宝、小玩意儿、胸罩、公文包、萨克斯、性爱、魔术师、皮球、汽车、装饰品：包装，它们都有包装！安静的小屁孩儿、任性撒娇的小孩儿、先生、女士、小姐们正表演着内容丰富的轻歌剧。书皮、雨衣、罩子、海报、包装，还是都有包装，这种临时的避难所就好像是蛀牙一样。你无法还给我本来就没有的东西，他们也是很晚并且很陌生地在这天堂一般的国度里开始登台演出的。我是在书店的大厅里晕倒了，还是在屠宰场的门前晕倒了？一个没有及时经历过的故事、它的闪着磷光的废墟。晚些时候，站在这群和我不一样的小孩子们的中间，我就要迷失在这群匆忙的儿童中了。

在这个虚幻的城市里，我突然想起了某个亲戚，我能跟他说些什么呢？我们都活在困惑之中，难道困惑是我唯一的财富吗？"那个有魔法的护身符可以实现你三个愿望，但问题是你得有一个确切的要求……你要求把你送去另外一个国家，可是那个国家却暴发了鼠疫，你因为害怕而想要停止鼠疫，可为时已晚，你已经变成了哑巴。愿望的确切要求需要无限的细节，而细节越多就会越难以避免混淆。"我请求他保佑我的混淆,也就是说我想要拥有这一切吗?我活在一个唯一意愿的混淆之中,然而我还没有来得及跨越这第一个混淆。

台阶上铺着厚厚的红地毯,我连续按了好几次公寓的门铃,尽管我没有察觉到任何动作,门还是打开了。白色的门框里站着一个略微发胖的男人,他的面色有些苍白,他穿着黑色布料的西装,有白色的条纹,他还穿着平整如新的衬衣,领子上带圆点儿的蝴蝶结下面,是用黑色的粗带子系着的,上面还挂着一个金丝的单片眼镜。一个侄子、一个叔叔、一个目击者、一个骗子,谁知道这都谁呢。他久久地握着我的手,我也趁此看看他那张薄薄的嘴唇、肿涨发红的眼皮,以及长着斑点的光头。

房间里很宽敞,也很高,屋子里塞满了书籍。他在书桌的后面坐了下来,还在杯子里倒了些威士忌,我们碰了杯,他一口就给喝干了。我们两人都在等着对方先开口,除了对话,这位优雅的先生似乎还应该立刻就实现一个奇迹。是一大笔钱吗?还是身份的转换?或是破解这接连发生的不幸密码?任何奇迹都可以,就是为了突然改变这一切!

我看着他略有皱纹的黄色额头,锋利的指甲,双手的皮肤光亮而有些衰老,洁白的手帕放在他上衣的兜里,粗粗的戒指上镶着一颗黑宝石。他要么寡言少语,要么就讲起来滔滔不绝,他说起话来还会带小舌颤音。我想了很久才回答了他的问题,集中营?他会对这个普通的话题感兴趣吗?是的,在那里得用一件大衣才能换到一片匹拉米洞[1],一个戒指才能换到一片面包。祖父最后所说的话是

---

1 一种解热镇痛的药品,药效同阿司匹林。

什么呢？那些野蛮人会输的，他应该是这样说的，那些野蛮人会输的，我们会再次创造欢乐，野蛮也会再次随之到来，他好像是这么说的。这些话语早就逝去多年了，这些已经逝去的话语，在另外一个时代被这个孩子再次说出了口。

这个男人在我面前点上了一根带着银边儿的哈瓦那，他看着我，似乎又没在看我……在我来的时候，他那双胖乎乎的小手久久地握着我的手，然后突然拉住我拥抱了一下，就像是部队出来的老同志那样。然后他用粗糙的手指摸着我的脸，就在门厅，当我在挂大衣的时候，他用双手摸着我的脸。他时不时用手把玩着那只在桌子上的放大镜，用手搓揉着这只放大镜珍珠颜色的手柄，他并没有把它拿起来，也没有拿起并带上那只单片眼镜。或许他那时就像个瞎子一样看不到我？他确实没有看到我！他又开始了另一杯，他只给自己的杯子里倒了酒，并没有问我是否我也想来点儿。他一口喝干了杯中的酒，然后便自顾自地介绍起了他的藏书，这些书籍排列在所有的房间里、架子上、桌子上、床上、椅子上、地板上、收音机上、柜子里，他不时地发出"嗯嗯"的声音。

"发酵……这就是我们……发酵……边缘人，囚徒，不怎么有荣誉感的一帮人。祖父曾经就在那个贫穷又满是灰尘的小街道里，夜晚点亮了聪明人的头脑……我及时地离开了过去，就是那个你从未追赶上的过去。"

对于否定一个愿望的高谈阔论，是通过一个更为疯狂、更大、更为不同的愿望所实现的："你要吓到那个巫师，直到他放弃或者不再计算这些……"

在分别的时候我们两人都喝不少，我们说起话来断断续续的，口中都喷涌着一团团的哈气，我们的动作似乎也有些混乱了。

走在这街区如画般的堤岸上，我感到没那么疲劳与困惑了。

很多优美的小桥，电影的海报，乖巧的房屋，没有纱帘的窗户，家中一天所发生的事情都能看得一清二楚，就像一幅幅永恒的快照：祖母小心翼翼地摆放着餐具，祖父边看杂志边抽着烟，男孩懒洋洋地拉着小提琴，穿着衬裙的女孩抚摸着猫咪，父亲把在非洲的照片都揉成了废纸团儿，男孩粉刷着小箱子，叔叔把东西挂在了钩子上，女孩手里拿着绿色的杯子，很慵懒地学着小猫叫，父亲在探子的雨伞下面一动不动，他看起来很高傲。

就连快乐也没有被窗帘所阻挡，在明亮却空空如也的橱窗里，有着长相甜美却又略显奸诈的人形模特。冷冷白白的丹麦人，羞怯的、橄榄肤色的、怀乡的黎巴嫩人，紧张的、暴躁的柬埔寨人和巴西人。这个害羞的人偷偷地瞄着，他听信了中学同学们的鼓动，脑中充满了那些龌龊的劝告，要把他扔进某个毛茸茸又香香的笼子里，狂热的观众在窗边不断地叫喊，叫得他耳朵都要聋了。

要重新经历那仍未结束的青春期，动荡的绝望被称之为时间，一个没有定义的、长久抽搐的等待。野蛮可以被称为集中营或是死亡，而后野蛮又可以被称为希望……自然显得幼稚而愚蠢。在童话般的包装里你只看得到那些，偶然出现的、可怜又迟来的旅行者……蛋糕的下面有蛆虫在蠕动着，它们很快就会爆炸，它们将遍布全世界各个角落，将爆发出巨大的、精神分裂般的吼叫声……幼稚而惊恐的老年人们来自东方的地下，还有这些西方的年迈的小孩子们。

湿润的微风，冒着热气的开水。检查持续了很久，这个下午似乎变得更长了，总显得有些贫瘠又灰蒙蒙的。这位外国的中年先生，弯下腰抱紧了自己那件褪色的粗布外衣，他在这几百米的堤岸上摇摇晃晃地一直来回走了两个多小时。他转向了一条小街，穿过了小桥和交叉路口，他拦下了一位路人，他走到了那个破烂旅馆的门前，他爬上了木质的楼梯，他穿过了一间大大的房间，房间里的人们正在洗着衣服、做着饭、熨着衣服，他到了顶层的这间小屋子里，他收拾好东西并下了楼。房主同意帮他看管几天他的两个箱子，他把箱子放进了一个满是包裹和蟑螂的杂物间里。在分别的时候，这位旅行者数了数侄子给他的钞票，他的这位侄子和祖父长得很像，并假装自己是个有钱的大叔。他拿起了旅行背包，里面塞上了睡衣、雨伞、毛巾、文件。他离开了旅馆，坐地铁去了火车站。坐在空空的隔间里，他吞下了一片阿斯匹林，火车缓缓地开动了。

阳光缓缓地降了下来，影晕在镜子般的水面上跳动着。这是他在一段时间内避免和您见面的借口，阿申巴赫大师。我尝试着在我们之间能留下一段回忆，以推迟我们之间的对峙，然而看来这并没有什么用，你看：这就好比一个有颜有名气的贵族，从他所在的月亮上看了我一眼，可这月亮在夜晚模糊的镜子中至高无上。我的皮肤没有您那么棕，我也不戴眼镜。我的额头上虽然没有和您一样的疤痕，却和您的额头一样都很宽，我的头和我这松垮而不得体的身体相比，确实显得有些大。我的眼睛虽然没有看到过七年战争，却早已看到了地狱，后来我确实在夸张的掩饰中看到过地狱。不可能，不，可，能，我像个精神病一样重复道，直到马戏团允许我逃走的那一刻，我都觉得这是如此的不真实。旅行！这并不是一个走出困境的方法，正如您高尚的职业，哦不，这完全是另外一回事。

"过度夸张的感觉。"你以前是这么说的，这便是艺术家的本质。对于身处地下的我们来说，幸存的那种夸张感觉成了难以打破的桎梏。

"过度高效的道德家?"是的,我曾经被强迫着坚持了一天又一天……在清晨,好几桶冷水浇在我的胸口和我的背上,高高的烛台就摆放在我手稿的旁边,我这个三流作家被绳子紧紧地绑在椅子上,是不是像要执行火刑一样?你能把这称之为幸存的才华吗?在现实中受伤的、孤儿的灵魂中,我们时常会把自己当作英雄,正如你曾说过的那样:"至少要过一段时间才行,这样才能凸显我的伟大。"

这位跟你讲话礼貌而又夸张的旅行者,就像一个痛苦而贪婪的小孩子,就像是受到了精神以及极度残忍的孤独的迫害。监视者们条件反射般地说出:"我们要严肃一些。"

严肃的习惯已经进入了我们的血液之中,它侵染了我们的血液。幸福对于我们来说浅薄而无聊,我们也并没有准备好去欣赏这场表演。

利多岛还是洗浴岛?我都没有去过!这个幼稚的乘客显然没有那位波兰美少年脆弱以及变老的形象。就在前几天或是几个世纪以前,或许这位帮我把行李拿到隔间的外交官把我认成了塔齐奥……已经变老了的、来自黑暗东边的塔齐奥。Signor, desidera un caffe, alla turca, espresso, bollente, ristretto, lunga, sono tutti I suoi bagali, lasci libere il passaggio… Scenda, per cortezia… Scenda, per cortezia[1],催我也没有用,我已经不再是外国来的小游客了,东边也不一样了,你也不一样了,一切都不一样了。

---

[1] 意大利语。先生,要来杯咖啡吗?土耳其咖啡、热卡布奇诺、意式浓缩、双倍浓缩、淡浓缩,您的行李都齐了,麻烦您给其他的乘客让一下地方吧……您请下车吧……您请下车吧。

Scenda, signore, per cortezia, per cortezia… per cortezia, buoni giorni, signore, benvenuti, signore, faccia presto, per favore, scenda, signore, per cortezia.[1] 隔间空空如也，火车开动了，窗帘打开了，新一天的光亮冲入了车厢，我到了，我下了车，没有再看一眼这面模糊的、凶险的镜子。

大雨倾盆，在一个给穷游客们住的便宜的旅店里，床、衣钩、水盆。从窗户望出去可以看到一条窄窄的街道，以及剧院的装饰。屋子里满是炒白菜和洋葱的味道，天空中浇下了一盆盆的雨水，拍打着老旧而潮湿的墙面。

火车站很拥挤，火车就像是停泊靠岸的小船。有着装讲究的先生们，还有美丽动人的夫人们，人们唱着、大声喊叫着、相互推搡着、笑着、蹦跳着、拍着相片、哗哗地叫着，看起来都很疯狂，似乎都已习惯了这猴子或是神仙一般的游戏。

一个矮胖女人的身上戴着各式各样的小玩意儿，她染了蓝色的头发，她那看起来又重又老的胳膊上戴满了金首饰，她有着像猫一样的、绿黄红色的眼睛，她的脖子和脚踝上一串串的金首饰闪闪发亮。这位秃头而又冷漠的"唐璜"先生，似乎将自己隐藏在侦探的眼镜后面。如此多幼稚的、胜利的、快乐的受益者们，他们明天将会成为这东边保留地的、疲惫不堪的退休人员吗？我偶尔会去看一看这些入侵者们，他们感觉到了我这个贫穷又衰老的陌生人，我实在难以融入他们这样日常的放松。回到了小拱桥阴暗而潮湿的角

---

1 先生，您请下车吧……您请下车吧，这位同行的人继续说道，您好先生，欢迎，您看起来很疲惫，先生请您快一些，我们到了，先生麻烦您快下车吧。

落，新来的人们疲倦地看着岸边、天空、灰秃秃的围墙，还有水中升起的城堡，这座老旧的城墙的边缘是红色和绿色的。

天空中下着淅淅沥沥的小雨，让人有些心烦意乱。一队人下了车，阵阵暴风雨的下面是一座四方的广场。瘦弱的鸽子，精美的橱窗和咖啡馆，天空变得昏暗又潮湿。小桥、过道、教堂、咖啡馆。优雅的商贩、阿拉伯的小饭馆、洋娃娃、药店、明星下榻的豪华酒店。金钱、黄金、完美的牙齿，化了妆的、光鲜亮丽的魔鬼吞咽着富足而令人沉沦的毒品。又脏又破的小旅馆，罢课的高中生们挥舞着旗帜："明天我们将和你们一样，明天将会比今天更糟糕！"他们打碎了橱窗，庆祝着摇滚乐火灾般的未来……

灯光在大雾中闪烁，就像是来自其他星球混乱的低语，很多公司重复着其他梦境的剧目。隐蔽的艺术画廊、小店铺、地毯、大麻、水陆两用的汽车、霓虹灯。

星期五的黄昏，天使催欲般地啄食着天空！这是外科手术的首创，就在抵抗战斗中的收容所里！疲惫的贡多拉[1]，海军司令部变成了奢华的游泳池，吉他乞讨着银币和鲜血。在橱窗里，曾代表繁荣的奖杯已经变得腐烂不堪，丝绸般的大海报上写的是巴赫的音乐会，在蓝色的小教堂。炸弹在卖花的集市里爆炸了，叛徒们排着队列行进着。这千年的犹太教堂……体育馆的大喇叭歇斯底里地呼喊着：人民的幸福、狂欢节、廉价的自由，在这短暂的一刻，他们立刻将它吞下，将整个世界吞下，同类们渴望着游戏和遗忘。色情电影，那种在东边地下的、被禁止的、罪恶的快感。

大运河筋疲力尽地低声警告着，沼泽和海洋，历史，大理石的

---

[1] 独具特色的威尼斯尖舟。

花纹以及隐蔽的角落,新的征服者将会从这里进入,他们会提供给这些挣薪水的乌托邦老鼠们等额的配给,而这些老鼠多来自里奥多桥[1],来自发霉的围墙,来自优美的空中花园。一无所知的年轻人们,围绕着被民主所装饰的大饼拼了命地啃食着。谄媚而含糊的城市,童话和陷阱,子虚乌有的承诺,正如你曾经所说的,古斯塔夫兄弟,我们因为美丽和病态的灵魂而毁在了我们自己所挖的坑里。

在这犹太人居住区千年的街道里,这位游客喝着清澈的葡萄酒,简直是天堂般的享受。他翻阅着书籍,在堤岸旁来回地游荡着,他路过了一座可疑的电影院。在通话的包装下,或大或小的、真切的快乐与不幸叹息着,在这铁甲的包装之下叹息着。

他尝试睡着,但没有成功。传记般的疾病让他无法忘记他所放弃的,以及他所带来的东西,忧伤的狭隘在同一个夜晚离开了。在温暖的隔间里,这位疲惫的梦游者久久地看着一个什么都看不见的地方。

接下来一天的下午,这位盲人老人的公寓的门铃响了。

"请坐,请坐,我马上回来。"

急促的脚步令他礼服光滑的燕尾上下摆动,这位面色苍白却又满脸欢喜的先生手里拿着一大杯热牛奶。他坐在了书桌的后面,喝了一小口牛奶,他的双手握着厚厚的杯子取暖。紫红色的领结,金黄的扣子。

"我知道,我知道你想要什么……关于你祖父的回忆。你也知道人们在集中营里都是怎么死的,你想要些别的纪念品吗?在灾难发生之前的对吧?要把它们捧在胸口,在那里,在那个有远大理想

---

[1] 威尼斯知名度最高的一座桥。

的集中营里,你有可能延迟你的生命吗?你就像是只小虫子一样!你蜷缩在炼狱之中,究竟是为了什么呢?你为什么待在那里,为什么呢?你为什么不留在这里,留在这自由的马戏团呢?既有钱又有节目可看!反正他们是不会放过你的,当然能摆脱掉你,他们也会很高兴的,你也能摆脱他们,是时候了……"

是的,我要看看在死后还会有什么,在死后的世界里,并不会有太多人有这样的机会。是时候了……

"关于祖父的回忆?那时的我还是个孩子,也才刚刚上高中。我们每天都去他的书店,房间的一边都是柜子、书籍还有文具,另外一边有吃的和喝的。他是一个自学成才的人,他浑身都散发着光芒,那些农民们都会来找他出主意。他们没有枪毙他吗?他死于贫苦或是疾病吗?他的生命力可顽强了,他每天早上都要吃上一块带血的肉排,喝上半杯红酒。他自己一个人从火车站背回来成捆的报纸,每次都要走上好几公里。他老婆,也就是你的奶奶……是个爱唠叨的病秧子,我们都管她叫丧门星。但他又是我最喜欢的叔叔,他总是这样责备我:'怎么又光着脑袋不戴帽子呢?夏天冬天都这么散着头发,跟个要饭的一样?'他信上帝,却也很幽默,人也很好,特别好,很有耐心,特别有耐心……"

他的双手握着杯子搓着暖手,他又喝了一口牛奶,看着这位客人,不知道该再找些什么话题。

"啊,你可以抽烟,当然了……在那里,在那个简陋的小书店,我第一次看到了……你不会相信的!在那里我第一次看到了Tod in Venezien[1]。你还记得吗?'死亡的快感'以及'创世的悲剧'对

---

[1] 德语,《死于威尼斯》。

于一个高中生来说这是很吸引人的……'魔鬼'是这样说的：'我们的灵魂！将扭曲并导致产生艺术、野蛮、快乐、灾难。'我像一只狼一样掉进了陷阱里，童年，过去的胡言乱语。一个愿望，或是更多的愿望，都是胡言乱语而已。你必须要快乐！无论如何都要快乐，我们也仅仅就拥有那么一瞬间而已，然后会像气球一样'砰'的一声就爆了……"

"我想来一杯威士忌。"

他站了起来，在隔壁的屋子里摸索着瓶子。

从唯一愿望的囚禁中逃离了吗？老阿申巴赫渴求着快感，渴望着爱慕的毒药，就像是无可救药的纳喀索斯[1]。他在美的乐土上，被荼毒的情感所击败，在爱与阳光的欢庆中重生……然而霍乱，会警告那些入侵的野蛮人吗？这古老世界的疫病，从全世界入侵而来。疲惫的艺术家死了，这是一个著名的、不知从何而来的疾病的受害者？在有毒的、致命的爱情中重生，如果他说出了第二个或是第三个愿望，他能够得救吗？

主人忍不住怀疑地看着客人，他把牛奶的杯子放在了书桌上，把威士忌的杯子放在了旁边。

"假如他能够在自我的毁灭中得救，那么他能够战胜霍乱吗？他无论如何都得逃跑，否则就要待在命运给他安排的地方吗？我不知道你是否重读了文章，这对于我来说仍是新鲜的。昨天晚上，在和阿申巴赫先生的争论中我仍颇有受益。"

他看着我，似乎又没有看我，他是否在听我讲话，也很难说。他显得心不在焉，他又喝下了一口牛奶，搓揉着自己的手掌。他显

---

[1] 古希腊神话中的美少年，寓意为自恋者。

得有些疲惫，又或是在想着别的什么事情。

"这里的集市并不是天堂，那么在哪里呢？没有出路的情况，无所谓了，你自己看吧……普遍的问题却有着不同的回答，你是知道的。"

再多的话语也没能成功解释该如何去火车站，他只是说了在每一个站台上都有一张地图，上面画着每一节火车车厢都停在哪里。

在回去的时候，他的同胞们麻木而困惑地迎接了他，对于他此次如此懦弱地返回祖国，他们既惊讶又厌恶。为了向他们描述他所一直梦到的或是他一直不愿接受的陌生感，他需要些温柔的谨慎，或许这渲染有些过分了。让他们认为去探索亚特兰蒂达[1]是不可能的更为简单，他没有成功地离开他自己，最终他还是在他自己的内心中旅行……完美的结局并不存在，亲爱的演员们，当然这也不是什么悲剧的结局！无非是一些排列起来的，分级别的琐事……看啊，我们继续走。

现在回来了，他们会变得话多又活泼，他们听着、询问着细节、地址和奇闻逸事，他们会容忍这些时间错误的故事。当他下火车的时候，父母、朋友、祖父、爱人、所有无法替代的、亲爱的逝者们，他们都会闯进来。

出发的站台上人头攒动。

车厢里散发着茅坑和垃圾的味道。

他拿着两个巨大的空箱子，显得并不着急，他让所有人都在他之前上了车，他又待了一会儿，然后走上了台阶。

---

[1] 地名，位于洪都拉斯。

在离开前的那一刻，他又出现了一下。在满是灰尘的窗框上，是一个面色苍白的小丑。

他的面具似乎笑了起来。

儿童乐园的剧目

夏天的傍晚,透过高高的窗户可以看到一片红色,被渐渐昏暗的天空所冲淡了。

在后台,从旁门的小孔洞向外看去,就像是从望远镜里向外看一样,能看得到外面的观众。

前几排是一小拨看起来很高兴的退休人员,这也算是下午的冒险了……哎,对对,人是不会变的,年轻人抗议也是没有用的,他们不知道其他地方都在发生着什么。

年轻人占了礼堂的四分之一,他们的消息很灵通,可以确认的是,他们很了解其他地方或是在他们家都发生了什么。他们的双脚有节奏地踏着地面,迫不及待地等着表演的开始,这并不是愚昧无知的表现,完全不是。

只有中年人差不多都会缺席,这些坚定的步兵确保着这世界还是像搅拌机一样地旋转,这些中年人更像是顺从的大孩子们,他们觉得这样的娱乐很无趣。他们阴郁的歌声还会穿过烟幕与街道的嘈杂，从夏天壮美的地平线一直到活动的场地……我们对这场破坏活动不感兴趣，不，感，兴，趣！我们对宗教裁判的故事也不感兴趣，当然还有你们的挫败与噩梦，在那里，或远或近，任何地方，我们都不，感，兴，趣！崩坏的平庸将我们所有人都摧毁了……在疾病、游戏还有这抛了光的鸟笼里，不要管我们，不，要，管。

天色突然暗了下来，从旁边的喇叭里传来了温柔而哀怨的笛声，一阵带着香水味的微风让所有的脑袋都慢慢转向了屏幕。

养殖场里有完好的舍栏，有疲惫而狡诈的警卫。一个粗粗的声音充满了昏暗的礼堂，这是巨大的广播声：小狐狸的歌谣。

小狐狸……近视的眼神，蓬乱的毛发，敏捷的动作，还带有着一种青春的、欢脱的不安分。这位朗诵者的声音浑厚而沉重："在昏暗的养殖场里我是蓝色的……"

蓝色，确实，这甜美夏天的傍晚，红色的天空。"没有高傲，没有希望，也没有快乐，在这铁丝的围栏里……"小小的、绝望的双眼看着礼堂里的每一位观众。不知道是从什么地方，可能是从后面，从挂衣架的旁边传来一声惊讶的叫喊声。是的，在那么一刻，这个蓝色的小狐狸的侧脸很像是一个年轻瘸子的，他总是擦着自己苍白又流汗的面颊。这样的幼稚是会被看出来的，这也没有办法，这就是演出的风险所在。就好像听到了这叫喊声，囚徒会在看守者的面前无比愤怒地抓住麦克风，在这个黑色的漏斗上方轻轻俯身，用牙齿紧紧地咬住它："我倒下并喘息着，我完了，我是一片阴影，我知道我永远无法逃离……"他抬起了头，屈从的眼神以及……是的，没错！这个卑微的人还顽皮地眨了下眼睛，眼见也不一定就为实！他倒在了这丧葬的雪地上，正如他所说的一样，他陷入了绝望而无法逃脱……虚伪的抽泣，重复着微弱的、同样的声音:"我知道我绝对不可能逃脱,这是绝对不可能的。"同伙狡猾地眨了下眼睛,向他有所暗示。

笼子,警卫的岗亭,供应、监视、报警的系统,信息、出口、分拣的服务。一层层隔板上的文件,反叛者们已经随时准备好了牺牲。看守者们穿着厚厚的棉大衣,区分不出武器和面孔,尽管如此……在礼堂里,会再一次听到一声沙哑的、惊喜的欢呼声。第二排椅子的一位老妇人,戴着胡萝卜颜色的假发,看着那个在养殖场门口登记进出卡车的警卫,不禁让她想起了曾经的自己。

"在吃过放了很长时间的鱼肉午餐之后,我突然看到门闩没有插着,我便纵身扑进了繁星点点的夜晚……"这位诗人朗诵道,这个小狐狸的眼神里闪烁着同样狡猾的光芒,然后是……骑马的队伍,翻跟头,还有自由!群山、树林、河流还有北极光。广告彩虹下面是巨大的冰块,巨大的吊灯,玻璃的高速公路,游泳池以及酒吧的台阶。大块的浮冰,妖怪般的消耗品垃圾。他疯了般地咬着妓女的乳房,还有从另一个世界弄来的新貂皮。小狐狸就在冰山边缘排队的失业人群中,他穿过了吸毒的沟壑,一直走到了面向残疾人和老兵的窗口。崭新的摄影机有几十个标签和按钮,他发现了一个普通家庭的晚餐,在一个既不寒冷也不暖和的冬天,在这样一个不贫穷也不富有的家里,他喝上了一口浓浓的汤。当然这里还有浓浓的、南北极一般的沉默,在这里会突然爆发出笛子般忧伤的叫喊声,就好像数千只鼹鼠在机关枪的枪管里绝望地吹气。

"我累了,我累了,我累了。"机关枪的笛声重复着。似乎是由于天使们的战栗,黄昏都变红了。"我的每一步都好像被积雪吸了进去。"这个被放逐的小狐狸解释道,一个老迈的、沙哑的声音传出,他的脸突然变老、变得神经。礼堂里听得到椅子的咯吱声、低语声、推搡声以及打喷嚏声。在那么一刻你可以认出许多人的面孔与眼神，他们很惊讶于看到了自己。主角的面具变得越来越悲伤，变得越来越蓝，越发不匀称。

"我谁也没有，严苛的儿子在自由中很是虚弱，他无能为力，迷失了方向又毫无依靠。"这位斯拉夫诗人苍老而烟熏般的嗓音颇有节奏地呼喊着。又是笛声的战栗和机关枪的哀号，又是脱身了的小狐狸的蓝色面容。"给那些生在笼子里的人带来了永恒的思念。"黑色的大喇叭里传来了这样的声音，"可怕，我梦到了养殖场！迷宫一般的铁丝网，还有门闩，是的，是的。那个养殖场，像迷宫一样，还有门闩：我的祖国，我原本的家。"

回来，哦，是的，回来……这是一种失败，值得被可怜或是被打碎，害怕、困惑、谦恭，要有尽可能完美的解释！由于这个囚徒浑身都流满了血，这块白色的屏幕也像是受伤了一样。"这种犯罪的感觉变得令人恶心，爱也就由此变成了恨……"笛声、小号声、鼓声，还有萨克斯声，白白的屏幕上是一片漆黑的热闹。"我哀号着游荡在你的身上，阿拉斯加！我今天在这个从一开始便是监牢的地方哀号着。"

从一开始便是监牢的地方，似乎才刚刚开始，在绝望的自由中孤独且迷惘，而现在又一次进了监牢，就像一开始的那样。我迷路了，我被丢给了那些负责逮野狗的人。"可又有谁不迷路呢，美洲，你丢失了自己吗？"我被打败了，在自由的、闪闪发亮的阿拉斯加，我被永远地击碎于此，在家中，在永远的监牢中。养殖场、迷宫和门闩、祖国、我原本的家……

牢笼和岗亭，监视的人以及被监视的人，监视别人的人也还都被其他人所监视着。一堆人在吃着饭跳着舞，还有一对儿在一起坐船游览着,节日的游行、学校、学者们、操场、产房、屠宰场、笑声与安葬,还有没有表达的、痛苦的团结。这是囚禁中有限却恒久的人性吗?这是上帝万物的痛苦与无能为力。"饲养员抚摸着我,但她天使般的眼神中却充满了沉重的悲伤……"同样的四季、同样的墓地、同样的订婚、面包店、高中生,自然而完美的假象,直到有人喊出真相,这种"正常"便会爆发,便会翻寻着面具。

养殖场里文明的进展,自动化的设备,合理与卫生的措施,最后的操作与这个时代是同步的!勒到再也不是像以前那样,用绳子把脖子窒息,而现在改为用一根铁丝穿过嘴唇而已,快速而高效的电击。"仅仅是一声低声的号叫,一两滴零星的眼泪而已……"

饲养员优雅而甜美,她纤细的手指,清澈的眼睛。她动情地歌唱,分发着食物。她欢快地歌唱,打扫着卫生。她独自一人满怀激情地歌唱。她修长的手指抚摸着这些饿坏了的小狐狸们的鬃毛,她贴近了这些睡着了的小家伙们的、她有着可爱的小嘴唇,她的歌声从未停止过,她清澈的嗓音摇晃着细细的、挂满积雪的树枝,将森林都卷向了又高又红的天空。

当她用铁丝穿过这只被宣判了的小家伙的嘴时,她的歌声会停下来那么一刻。她的操作进行得精准而细致,然后她会再次开始歌唱……

"在昏暗的养殖场里我是蓝色的。"屏幕上没有任何面孔,就像是南北极一样的白,一片沉默。昏暗养殖场里的蓝色重复着这首诗歌:"我想变得天真,就像是前辈们那样,然而我出生在养殖场,我无法变得天真。"空空的屏幕,一阵阵的沉默与等待。相比于这些坐在舒适座椅上的观众,东边的囚徒会明白更多……就这样继续重复着这首哀歌,然后是一片空白与等待。"那个喂养我的人终将会背叛我，我会死在这只爱抚过我的手中。"永别的话语升高了语调，这个小狐狸最终也遇见了自己的命运，最终是一片的白色，在无尽的白色中，不知从哪里传来了细小的声音。那个喂养我的人终将要杀死我，我将死在这只抚摸过我的手中……一片光亮的白色，闪着猛烈的、刺眼的光芒。笛声短暂的抽泣，最终的闪电，然后是一片安静。

观众们揉了揉眼睛，清醒了一下，放松了下身体，椅子吱呀作响，在夜晚的布道坛上是一片新的阴影。

"歌谣的作者回到了养殖场，他没有被杀，反而成了真正的诗人？"喇叭延长了呼吸的间歇，"然而还有很多人没有回来，在我们之中他们是不幸的。他们十分孤独，不被理解。他们咒骂着这并不存在的天堂，自由的阿拉斯加也没有留给他们天空。五彩的包装令他们窒息，就像是穿着束缚衣一样，我们的狂欢对于他们来说就是死亡的节日。"

坐在最后几排的一群年轻人又重新开始跺起脚来，这种夸张令他们愤怒无比。他们不是为了无聊而来的，他们不明白这演出是已经结束了还是刚刚开始。

"也存在这种没有解决办法的情况，既没有回来的路也没有前进的路。我们今晚的客人就像是一个被扔进大海的漂流瓶，总让人抱有幻想应该能有人捡到并读到这些信息。"

聚光灯聚集在桌子上，中间确实有一个又长又旧的瓶子，上面挂满了湿湿的海蜘蛛和腐烂了的海草。

在那么一刻，透过高高的窗户可以再次看到渐渐入夜的海洋，人们的关注在黄昏的催眠中也逐渐被冲淡了。

当他们再次扭回头来看向桌子时，表演正在进行着：手稿在瓶中奋力挣扎，成功地出来了，就像是在拧出酒塞的螺旋起子。又湿又厚的油纸被卷成了一副人的面具，苍白又圆润的脸庞戴着眼镜，头发十分凌乱，艰难而犹豫地发出幼稚的声音，客人，这就是这位三流作家。

导演那机灵的间奏乐令人惊讶，复活了观众们的注意力。

《儿童乐园》作为标题写在了油纸上，小说或是诗歌，抑或是一次旅行的故事，这个三流作家逃避着死亡。恐惧与惊愕在自由的小孩子之中，不，这不是在说某只小狐狸……在他们面前是一个满脸皱纹的人，他总是迟迟来到梦中与读物之中。

演出的间歇被百事可乐所洗涤……抽烟的人们发出颇有节奏的笑声，热闹活泼的一群人，发生在这一天以及这个星球的事件。没有人再去关心这位僵直地坐在书桌旁的作者，他盯着那位沉默的、坐在轮椅上的、在红色天空上的老妇人。一种老迈神仙般充满了母性的脸庞，在烧毁的、中毒了的河岸，有一群蓝色的动物，还有未来高大的饲养员们。

即将入夜，新一轮的争论又将开始，不耐烦的声音喷泻出又厚又毒的沉积。

"旅行？要么是在未来，要么是在梦中，要么是在一本书中……你无法还给我本来就没有的东西。"这位旅行者解释道。目标仍是不明确的，读者在等着些什么。一次沟通、一份情感、一个问题、一个密码，如果能保证拥有钥匙……旅行者从地狱中来。他所遇见的东西在之后会令他感到困惑，两种现实的平等是令人难以接受的。

这反驳的话来得太过突然，没有人再继续朗读这些词语了，就像是空气在自说自话。磁带的沙沙声从窗边的大喇叭里传出，众人也依然毫无反应。

接下来一位讲话的人出于对事件的尊重而停顿了一下,他就像是在接收着这个客观的、来自宇宙的干扰。然而接下来的几个人会自然而快速地继续着,就好像什么都没有发生过一样。

"这个旅行的男人是个小孩子吗?他看着集市,或是看着这荒诞的童话以及我们的世界,他最终还是决定回家,回到他原本就想要离开的地狱吗?他想象着他们冲进站台、父母、朋友们、祖父、爱人,这些最亲密的逝者们,文章就是这么写的,能看得出来这是一种怎样的回归。"

"无论是谁经历这样的情况都会理解的,这位乘客看着自己的周围,他和这些小孩子们长得并不像。释放、玩具、规则以及缺少规则。"

这位又瘦又健谈的女士和上次一样,仍然是全场最优雅的那一位。那时还是冬天,她穿了一件昂贵的貂皮大衣,戴了一顶巨大无比的帽子。而现在她穿着一件金色的丝绸连衣裙,戴着一顶草帽,上面还系着一条长长的、樱桃色的带子。不过却有些过时……虽然她讲起话来很标准,小舌音对她也有所帮助,然而没有人发现她其实是外国人。可以说她是一个很细致的人,她比其他人都懂得更多……这位尊敬的朋友,您应当给她们解释一下,那些用在戏剧院课堂上的条件反射,关于规矩、伦理、教学、政治的条件反射。正如您是如何避免中毒的,以及您是如何在我们这一代当红的角色中重生的。

"世界上既有丑恶的无趣,也有阴险和无趣的丑恶。我们的同类越发地疲劳,越发地被希望所剥夺了一切,而且还非得要给它一个意义,不过就是为了忍受这每一天,为了支撑下去而已。这是否就是主题,是否就是看似合情合理的叙事策略。"

"我们和这些奸猾的、满身恶习而又伤感的老头儿们的辩论?他们提到了'古斯塔夫大师',他们说 Tod in Venezien 出版于1912年,当然他们也不敢完全肯定。文章的古典风格变化和原版不尽相同……和'著名而尊敬的前辈'阿申巴赫大师的再次见面,仍要保持着心照不宣的前提。我更喜欢关于东西方隧道真实的描写,那是一种清楚的讲述,同时还有着明确的方向。"

"我喜欢那个很爱笑的民间合唱团,关于所发生的事情并不存在其他的回答。天空和自然,她的不幸与可笑。幽默把我们从必要的形势和状况中拉了出来,徒劳无益、朝生暮死都与我们有所关联,没有任何一种生活能拥有如此游戏的自由。"

"我就是一只苍蝇,在这里,在那里,不过就是一瞬间,瞬间。我没有东,也没有西,我只知道瞬间。嗡嗡的声响,我即刻消耗着时间。一瞬间,这就是我的生命,我们的生命。"

"霍乱在当今有很多名字,这是流淌在我和教授的眉目传情之间的暗示……今天的东方,无论是受过多少伤或是有多么的危险,都不再是霍乱中的威尼斯了!黑暗正从东方而来。"

"某个夜晚,在一对年轻人的家中进了一个劫匪,他拿着左轮手枪并威胁要抢走所有的钱!丈夫只好拿出了家里所有的钱,这个劫匪在地板上画了个圆圈,他说你就站在这里不许动,只要你敢动我就开枪。丈夫吓坏了,便老老实实地站在圆圈里。这个劫匪把家里洗劫一空,还奸污了他的妻子,随后便扬长而去了。当听到车子的声音远去了以后,丈夫忍不住地大笑了起来!哈哈!我可是一直都在动我的脚指头呢!很多艺术家都认为,通过这种隐藏得很好的影射和讽刺能够蒙骗劫匪,但其实这种幻想完全是不切实际的,劫匪自然还是该干什么就干什么。"

"市场的潜规则是：需求和供给。而另一方面则是平等的、蛊惑人心的宗教。自由作为理解的必要，也就是死的必要，这是狐狸养殖场的优势吗？较大对比的迟缓与缺失，还有作为同伙的那种被动的团结，这样才会诞生艺术家，是魔鬼生出了艺术家，还是魔鬼也得忍受他们呢？国家会监视他们，同样也会去收买他们。在那里会为了些什么而斗争，或是反对些什么。在充满民主与消耗的阿拉斯加，我们在卖着什么，或是在消耗着什么呢？"

"对于这个来自东方的可怜旅行者来说，火车的这位乘警就像是个外交官或是总理。这个被他所到达的集市搞得头晕眼花的旅行者，他认为我们就是一群来自没有意义的世界的、愚蠢的孩子们，他还真是一个绝望的受虐狂……世界仍在继续地转动着，世界也仍是鲜活的。否定也只是真理之塔的第一层而已，如果缺少真实的深度，那么当面对人类的悲剧时，就会有一个更为乐观的眷恋，小说的前提也需要其他的继续。"

可能这是某个图书馆或是某个小画廊的大厅，这里与其他地方不同的是，从这里传来关于宏大表达与思想辩论的嘈杂声。为数不多的观众，他们看起来都很古怪，就像是被流放的人群，很难将他们一一辨别出来。年轻的女体育老师，以前是马戏团的杂技演员。秃顶了的、声音沙哑的神甫，这么多年的牢狱生活令他的肺都变薄了。聋哑人协会的退休女人，她有着透明的翅膀和苍蝇一般的眼睛……绝对高尚的人，外表和举止都无可挑剔的女士们和先生们。他们中间还有一位优雅的女演员，没有人会想到她曾是一名政治避难的难民，她来自一个被遗忘的国家。作者不一定想到了他们，也没有想到那些和他长得并不像的大孩子们，玩具占据着他们，主宰着他们的规则与违规，当然也没有想到家中那些亲爱的逝者。那些影像很快就模糊了，被生出它的假象所驱散消除了。他们只坚持了一会儿熟悉而混乱的声音，听上去就好像是在一只困倦鲸鱼的肚子里一样，不知是从哪里传来的声音，可能是从周围，或者就是从他自己身上传来的。

在黑暗侵入的房间里，在失去的与重新找到的空闲里，在轮椅上坐着的、困倦的上帝再一次的出现了：一位走到了死亡门槛前的老妇人，母亲坍塌的脸庞，触手可及的上帝。

"如果那些小狐狸们放火烧了养殖场的话，我会建议他们参考亚特兰蒂斯式的自由，对吧？尊敬的阿申巴赫。"

"文章说着关于任何天赋的必要物理条件，也就是任何的反抗，任何的天赋，也就是说任何的反抗！用绳子绑在桅杆上的火刑椅。火刑椅：一个野蛮社会的三流作家？或许不只是那个野蛮的社会，更是地狱的民主化……一种表现主义的宣传用一个真实的匿名发布了。"

"不满意的人或是叛乱的人在两边都存在，倒霉的国际主义！乌托邦的失败就导致了越来越无耻吗？尽管自由是唯一的方案，但也无法用它去创造其他的希望。"

"我不是只苍蝇，我还是只鸟儿，我从北飞到南，从东飞到西。我不会在意墙与墙之间的咕哝声，我越飞越远。死亡耐心地等待着你们，它用耐心与爱等待着你们。你们要冷静下来，它会解放你们的，我们会成为兄弟的。"

"地点与时代？一派胡言！这位乘客建议我们笑起来，虽然我们满脸都是痛苦的眼泪。在回到家之前，回到他那些逝者的身边之前，这位旅行者又在车厢的窗户处出现了那么一下。永远的告别，一个病恹恹的笑容，最后的笑容会坚持下去的。"

一阵沉默，一层又一层薄薄的，像玻璃一样的薄，却像花岗岩一样的重。无法再找到这位女演员的小舌音还有神甫的结巴，黑暗在一层一层地增长，又薄又重。医生的眼镜，年轻的档案馆馆员灰白的胡子，肥胖的芭蕾舞演员的鸟喙，拍打着紫红色的大袖子并越过边境线……又有谁能想象到他们的样子呢。这些鬼魂在黄昏的灰烬中飞舞，没有任何的声响。这些声音无法被分割成其他的声音，这些话语也拒绝呼喊，只有母亲青紫色的阴影环视着房间。

晚些时候，男孩抬起了眼神，看着这空荡荡的房间。他扶正了那摞文件上的灯光，他抬起眼看向那些已不复存在的人，他又低头看向了文件，第一句重复的话语写了一遍又一遍。Andante, aspera, astrale…[1] 这些外语词，在夜晚阴影中迷失的语言。夏天的夜晚……透过又高又黑的窗户，看到了闪电般的夏至日。

1　意大利语，音乐术语。

月夜

因为流亡而造成的长期失眠,医生说这是言语的疾病,叛乱般的潮汐突然间加速了夜间漂泊的脉搏。

魔法般的兴奋第一次就令我沉醉其中,虽然距离今天已经有好几千年了,可就像是在昨天一样,我给隔壁床的威利解释道,或许只有这些异国腔调的言语才能让这位Sir S[1]醒过来。

一个梦游的、银色的夜晚,正如五千年前一样,和今天也一样,我尝试着给威利解释道。"他们威胁要枪毙了我,他们殴打我,扒光了我的衣服,还让我满地打滚。然而,小孩儿不应该听所有的这些。"圣母玛丽亚这样说道,她一边把我拥入怀中,一边从行李里拿出衣服、罐头、巧克力还有彩色粉笔,这些都是专门带给这个流亡的小王子的。她坐火车、马车、雪橇、军用卡车穿过了上百公里才到达了西奈,乌克兰草原上集中营的岗哨是这么称呼这个

---

[1] 英语,S先生。

地方的。"我本来还有两个行李,但都被他们给偷了。"她有些焦躁不安地、精神恍惚地咕哝着,"全都是奥斯选的和买的,就是你们的堂兄,他就好像个天使一样,你们是知道他那种进口的作风,你们也知道他的外号。"

当时,在十字路口夜晚的催眠下,我第一次听到了奥斯瓦尔德,也就是"安特卫普公爵"。没有人能够剥夺我这奇怪的欣喜,这是词汇的彗星在多疾秋天的漆黑中赐予我的。第二天,在看守们没收了黄油、帽子、被子、巧克力、围巾和彩色粉笔之后,在他们追赶着那些决定留下,并死在这西奈诅咒的基督教罪孽之后,我留下了这些异国的话语。

公爵,安特卫普公爵,他很高兴,他已经准备好了旅行,而小孩子威利迫不及待地等着睡前的故事。

是的,接下来父亲开始讲起了故事,那是在1942年的夜晚,关于堂兄法因戈尔德的历史,这位虔诚的女婿和我们是同一个姓。"这个瘦高的人并不适合你。"父亲小声地重复道,这话是纳坦·布劳恩,也就是我爷爷的哥哥,跟他的女儿们所说的话。我似乎看到了1932年夏天电影般的黄昏,当这世界生动的喜剧准备好这种好斗的玩笑时,我看到了泽尔达,她刚刚高中毕业,她站在仓库的门前,没有走下到父亲的书房的那三级台阶。

"这个又穷又黑的瘦高个儿和我女儿不合适。"纳坦重复道。这位智者完全没有抬眼,他正聚精会神地盯着手里正在写着的文章,他佝偻着身子沉默不语,而他亲爱的泽尔达在一旁就像是冻住了一样。两周以后,当这位优雅的"男主角"再次来拜访我爷爷的这位哥哥时,纳坦·布劳恩坚定而低声地说道:"虽然我不允许这段关系，但我听说你每天都有和她见面。"他期待着能被邀请进屋，但是布劳恩先生还是继续敲打着他那台奇怪的、史密斯·科鲁诺牌的打字机。你把这小城市R的罗马尼亚鸡蛋出口到全欧洲吧，这对于当地的人们来说也算是个了不起的成就了，父亲强调道，众所周知，就像是能用三种语言写成一封信件一样了不起。这位自学成才的纳坦，用一只手指继续优雅地敲打着这架来自大洋彼岸的钢琴。

守旧的纳坦没有接受英俊的奥斯瓦尔德对美丽的泽尔达的追求，我跟她也讲了："这个又黑又瘦、身子又虚弱的大高个儿，我以为他终于明白过来了。"当这位"候选人"来向布劳恩小姐表白的时候，他就是这个样子被接待的。在他们的第一次见面过后，这位年轻的法因戈尔德去了安特卫普，暂时没有归期。"我给你付学费，你就住在我的朋友利维家里，"经过了一个小时的争论后，这位父亲终于放弃了并这样决定道，"泽尔达会在这里等你回来，等你读完大学以后你们就结婚。"他简短地结束了自己的话语。

1936年的时候，他们也确实结了婚，当这生动的喜剧开始去遮盖夜间摇动的脉搏时，它警告了这个时代长久的失眠。一场盛大婚礼，我可能也参加了，虽然那会儿我才刚刚出生。那时我的祖父是一位书商，他得替他那位尊敬的哥哥主持这桩婚事，据祖父所说，哥哥是死在阿道夫·哈曼元首手里的。那时刚出生才2岁的我根本不知道西奈边境线上会有什么在等着我们，而祖父坚信我这个刚出生的小孙子会给新郎新娘，还有他们的孩子带来好运的。

传奇的一对新人，这座小城似乎都在低语，同时沉醉于异国的语言以及使得这里蓬荜生辉的明星。这位娇小的新娘长得就像是瓷器一样白净，她黑色的眼睛里充满了激情，而她的身边是这位英俊而忧郁的布拉班特[1]骑士。泽尔达和奥斯瓦尔德,他们在各个年龄阶段都出现在了省里摄影师的橱窗里。泽尔达和斯科特·F,这不真实的一对儿,出现在了米高梅公司闪闪发光的海报上。

我是1950年前后第一次见到"公爵"的,那时我和少先队员们一起去拜访纸板工厂,他刚好在那里当库管员。

在他从那个为躲避被送去集中营的藏身处出来以后,那已经是战后了,他也才刚刚摆脱了对他资产阶级以及外国间谍的指控。热情的玛丽亚那时成了坚定的共产主义者,她和上边说了些好话,以便给他安排个工作。

奥斯瓦尔德·法因戈尔德堂兄长得又高又白,他的动作也很慢,讲起话来有些过于礼貌,他对我们的红领巾并没有表现出多大的兴趣。在和这个小城市纸板小车间的工人阶级们见面之后,这是少先队的大队长跟我们的父母们所说的话:"你们能从像他这样的人身上期待些什么呢?哎,对吧,Anvers[2]公爵!"他很轻蔑地补充道,他的嘴角还撇得老高,这个带着红领巾的小战士满脸都是嘲笑。"是Antwerp[3]!"会计般谨小慎微的父亲用英语纠正道,作为补偿他不仅给了我起了这个名字,还加上一个可能比这个更奇怪的、河流和怪物用的名字。

安特卫普·埃斯考,埃斯考·安特卫普,邻居威利·比利兴奋地叫喊着,因为做噩梦,他正把枕头像戴海军军帽一样往脑袋上戴

---

1 古代欧洲西北部的封建公国。
2 法语,安特卫普。
3 英语,安特卫普。

着,并随时准备问候埃斯考河[1]、安特卫普港,1830年革命以及英国舰队的封锁,正是这封锁才将安特卫普从低地国家中解放了出来……

泽尔达有好几年都没有出过家门,我差不多是1960年初见到她的,那时他们搬进了首都的一座颇具风格的房子里。我知道她很爱干净,当她看到我尖尖的胳膊肘弄皱了她的桌布时,她脸色苍白并皱起了眉头,我也并没有感到多少意外。她邀请我周日再来吃午饭,她知道学生食堂在节假日不开门。我也同意了,泽尔达对我的好奇让我多少感到有些害怕,或许是因为名字的缘故,然而我希望在某个不安的时刻,她会提起那个夜晚,就是埃斯考·法因戈尔德出生并死去,或是等着他死去的夜晚。这个长着两个脑袋的婴儿在出生后以及死亡前挣扎的6个小时期间,都没有被拿给产妇看,泽尔达这样讲着这个故事,然而她还是会在神经质般的长期失眠中继续看到他。

长着两个脑袋的怪物,两个脑袋,两个,邻居威利向我这样重复着,他对任何怪物的历史故事都极其喜欢。我们新世界的河畔变高了,直插入云霄,在渐渐液化的窗户里,言语的彗星爆炸成了2颗以及20颗头颅。当我想要给他讲更多关于1830年英国封锁和解放安特卫普的历史时,关于潮涨潮落以及河水的水量时,威利那看不出年龄的面容再一次掉入了天堂和困倦的深渊之中。

在1962年的一个星期日,那时的泽尔达只不过是一个面色苍白的小女人,由于轻微痉挛的原因,她的右胳膊偶尔会抖动起来。她

---

[1] 欧洲西部河流,发源于法国北部,在法国境内叫埃斯考河,经比利时,在荷兰注入北海。

更像一具坍塌而衰老的圣像，偏向拉斐尔[1]的风格，她那古怪而又甜美的嗓音似乎很快就疲惫了。当然，她在说着关于斯科特在哪里："每个星期日都一样，他在他妹妹那里。"这句话似乎可以意味着任何事情，它所传达出的信息充满了讽刺的意味。她突然变得活力满满，讲述着那份令人屈辱的工作，以及关于萦绕在丈夫身边的猜忌。她给出了更多审查的细节，这种事情时有发生，人们检举并称呼她丈夫是外国势力的代理人、旧时代的剥削者、反动派。"然而他并不敢归咎于我，但我的错在于我没有离开国家。在战争之前，他总是和我说关于那些镶了钻的教堂和街区，还有那条大河……"对于这个禁忌的名字，她停顿了一下，然而她立马就继续说了下去并加快了节奏，"是的，他想要离开，他有着各式各样的思念和计划。爸爸死后，那时的我很困惑，在结婚后、战后我都不想离开母亲。而今天，老贝拉还浑身满是不知羞耻的活力，你信吗，她还在兴奋地阅读着斯大林同志写的文章呢！你看，你看，这可是斯大林同志写的！满怀热忱，她是这么说的，你得去听听她是怎么说的。她倒也不是疯了，这就很有意思了。然而纳坦呢，他应该特别想听她是怎么说的吧。"

她用她又大又厚的手掌拍打着自己的嘴巴，似乎被这个将我们联系在一起的名字给吓到了，还好斯科特恰巧在这个时候进来了，他过来和我们一起喝杯咖啡，他到得很及时。虽然他身上那件破旧的、批量生产的衣服显得花白而窘迫，但他还是有着同样的、贵族身上那种彬彬有礼的平和。奥斯瓦尔德·F，又叫作斯科特，他立马

---

[1] 拉斐尔·桑西，意大利著名画家，和达·芬奇、米开朗基罗并称"文艺复兴后三杰"。他性情平和、文雅，创造了大量的圣母像。

将讨论引导到另外一个方向上：战争冬天的夜晚，积雪泛着光亮，监牢可怕的平静，这位女英雄尝试着直面死亡，她要救出她所服侍的家庭。她一直在说着关于玛丽亚的事情，尽管她现在已经变成了红色教堂里的一位世俗之人，然而她还是随时准备去帮助那些死刑犯……他的话语和动作都像是遵循着某种老练的策略，总之就是为了忽视他的妻子，隐秘地远离这对话或是远离作为主人的角色，因为他已经准备好了，同时他还喝着咖啡，他继续地讲着一些轻松的笑话，最后还是他把我送到了电梯并邀请我再来。

他用同样温柔的控制对待疯了的泽尔达，在我的婚礼上他也是这么对待我的天使的，金发天使，威利是这么称呼她的。泽尔达戴着一顶巨大的帽子，颜色红得像苏联的国旗一样，她穿着一条世界末日般颜色的裙子，又短又透，显得很不正派。她像是被监禁在一种茶毒的沉默之中，感觉她马上就要爆发了，她拒绝和新娘握手，而面对新郎时她也只是轻蔑地拍了拍他的肩膀。斯科特用尽了骑士的那种伎俩，就是为了迷住并驯服那些试图靠近他们的人，他们或许只想避开那些"稻草人"明亮而坚定的眼神。

差不多在他死了以后，泽尔达才逐渐恢复了过来，虽然她只会讲一些关于丈夫的贵族身份以及他的斯多葛主义[1]。她生活得挺艰难的，她靠着一半的抚恤金以及从安特卫普寄来的包裹生活，据传言那是斯科特的私生女给她寄的。我那位新女伴从泽尔达那里买了一件绿色大衣，她金黄色的头发都溢出了大衣外，也正是那一年她再

---

[1] 古希腊四大哲学学派之一，认为人的美德就是"顺应自然"或"顺应理性"，人的德行时唯一的善。在政治思想上，依据"宇宙精神"原则，形成一个最高权力之下的世界国家的观念。

也受不了我的书籍、恐惧以及模棱两可，我们也因此离婚了。

在1970年中，泽尔达和我一样经历了一段躁狂的抑郁，她经常从睡梦中叫喊着醒来："独裁者，独裁者，是哈曼杀死了爸爸。"其实我也一样，只不过我所喊的是不同的名字罢了，只是这种恐惧即便是到了白天也依然不会消散。我们的区别在于，她最终决定移居到别的国家，而直到那时我还是无法离开那些话语，也因此言语的疾病深深地融入到我每天的治疗之中。

我在1979年再次见到了她，那时，"红色的牢笼"已经允许我离开并进行短期的旅行了。她住哭墙附近的一个很穷的街区里，她和一个摩洛哥的老女人同住在一个又小又脏的公寓，她用一句考究而又刺耳的法语和我抱怨了那位老女人。她接待我时有一种接待同伙的那种奇怪感觉，或许她也知道这些窘况与并发症会令我的神经发病。她又有了追求她的人，那些单身的老男人们会给她买礼物，会带她去电影院或是和她一起遛狗。她移居的时候没有带她的塞特猎犬埃斯考，但仅仅在一年后她又有了另外一只埃斯考，是一只阴郁的棕色哈巴狗。她说她这是一种无可救药的流亡，正如她所经历的或是如我们两人一样所经历的。她强烈不满地说着关于她身边的一切，甚至也包括斯科特的名字，现在向她献殷勤的那帮侏儒根本就没法和他比，他的话语中总带着一股酸溜溜的嫉妒，不只是因为他离开了她，最主要还是因为她最终再次找到了这无主庭院的等级与平静。

我和泽尔达之后还通过一阵的信，我尝试着向邻居W.S解释，然而我所讲的细节和叙事已然让他感到疲惫。我确实偶尔会给他传递一些幻想的编码，关于在我挣扎的噩梦中越发严重的、话语的缺失。对于泽尔达所过的阴历我也很感兴趣，以及其中的埃斯考河还有它退潮的水位。我也问了斯科特的身体如何，问了他的女儿以及她那位著名的父亲，失败的珠宝商人B.H.利维。我很快就收到了各种细节的回复，在泽尔达去世的前一年，她就已经不再给我回信了，而在大洋彼岸，在我所陷入困境的各个角落里，我仍绝望地给她寄送着简短的消息，那是我失语的疾病，我感觉所有的语言能力都正在离我远去，这似乎不可逆转，然而泽尔达的疯癫却隐藏在了月亮里。

在这个爱梦游的姑娘去世半年以后，我收到了一封长信，信是用标准到令人怀疑的法语写的。那位摩洛哥老女人忍受着她的愤怒与叫喊声，一直到最后一刻。她和我详细地描述了泽尔达梗死的那一天，当然她也讲述了此前一段时间所发生的事情。当杜切萨变得越来越盛气凌人，她甚至连对狗纳坦都表现出一副很骇人的样子，因为过去各式各样的矛盾。她继续骂着他，尤其是因为他违背了她的意愿，把她嫁给了一个虚伪又自私的人，这个街头混子，卑鄙而没有教养，他毒害了她的人生。她还提到了我，她的父亲，现在成了美国最大的鸡蛋出口商，在全世界有很多分公司，包括巴尔干以及阿拉伯世界。这位摩洛哥女人在那个神圣国度的商店里寻找了纳坦的产品，在阿拉伯市场里也找了，可是都没有找到。我回复了这位老巫婆，事实上我不叫纳坦，也不叫诺亚，更不叫尼布甲尼撒[1]。那些负责逮野狗的人，他们来自布鲁克林西奈精神病院，也正是我所住的地方，他们管我叫纳特。所有人都这么柔声细语地称呼我为纳特，mister[2]纳特。

---

1 尼布甲尼撒二世，新巴比伦开国君主，曾两度亲征犹太王国，前586年攻陷耶路撒冷。在巴比伦宫殿建造闻名于世的空中花园，被誉为古代世界七大奇迹之一。
2 英语，先生。

Hallo[1]纳特,他们都这么微笑着跟我打招呼。就这么一会儿,热情的梅里就摆好了我邻居W.莎士比亚的酒壶,而我恰好在和他解释,当两个头的怪物开始叫喊的时候,或是因为抑郁而快要疯了的时候,潮水都会暴涨。

然而,威利只能受得了我在语无伦次、鬼魂附体一开始的那阵。

他也睡着了,看啊,我根本就无法控制他正航行着的梦境。他就像他的那些先辈们一样,像那些造船与流浪的行家一样,麻木而不仁。

---

1 德语,你好。